俳句の一欠片《ワンピース》

林　桂
Hayashi Kei

ウエップ

俳句の一欠片《ワンピース》＊目次

俳句の一欠片《ワンピース》

しんしんと――『篠原鳳作全句文集』

篠原鳳作は「傘火」（昭和九年八月号）掲載の「新興俳誌展望」で、「走馬燈」にふれて次のように書いている。

いかづちの香の漲りぬ雨襖
いかづちの香を吸へば肺しんしんと

長い間病床にある茅舎氏の句には何時も珍しい感覚と異常な力とが漲つてゐる。茅舎氏の句とする対象は病床にあるせいか決して所謂新しい素材ではない。氏は常に平凡なる題材を、新しい感覚と力強い表現とで全く別個な新しい香気あるものとされてゐる。

川端茅舎句への賛辞である。そして、二句目の「しんしんと」と「肺」の措辞は、鳳作の代表作である、

しんしんと肺碧きまで海のたび

を連想させる。鳳作の「海のたび」は、茅舎の本歌取りではないのかと思いたくなる。はたして、鳳作が連作「海の旅」を「天の川」及び「傘火」に発表したのは、昭和九年十月である。時系列的に影響関係は見事に符合する。

満天の星に旅ゆくマストあり
船窓に水平線のあらきシーソー
しんしんと肺碧きまで海のたび
幾日はも青うなばらの円心に
甲板と水平線とのあらきシーソー

連作の中に埋め込まれた一句は、病床茅舎の句の本歌取りを払拭した凛然とした立ち姿となっている。

「海の旅」のモデルは、鳳作の赴任地である沖縄・宮古島と故郷・鹿児島との船での往来であろう。「三日も船にゆられて帰つてくると、すぐその日に傘火を正月、三月、五月といふ具合に奇数月を編集しないかといふ事で『合点だ！』とひきうけた」（「帰郷と改号の弁」「傘火」昭和九年十二月）とあり、三日の旅程を要したことがわかる。

ここで大切なことのもうひとつは、鳳作は三年半の沖縄・宮古島生活をこの年の秋に引き上げ、鹿児島に帰ってきたことである。かつ雲彦を鳳作に改号したのである。鳳作にとって転機の年である。鳳作はもっと早く帰ってきたかったようだ。「小生も多分こちらは三月までと思ひますから誰かが雑務を分担しませう」（「沖縄より」「傘火」昭和九年一月）と書いているから、半年帰郷が遅れたことになる。「海のたより」（「傘火」十一月）には、「九月一日。五十日間の夏休みを終へて再び宮古島の人となつた」と書いている。「帰郷と改号の弁」の掲載の前月号である。この夏休みの五十日間で新たな赴任地を決めたのであろう、「海のたより」の翌十月には、鹿児島に転任している。尤も、「海のたより」には、その経緯は一切書かれていない。もちろん、転勤前に人事異動を他言するのは御法度だからである。

実は、前掲の「新興俳誌展望」は、もうひとつの意味で重要である。「『詩神』と『単純化の鞭としての十七字詩型』との二つあれば他のものは皆無視していい」と書いているからだ。「京大俳句」の有馬宇月の「季題は本質的に第二義的なものである」という言葉に触発されてのものだが、鳳作にとって明確な無季俳句の言質の最初のものと言える。

七月の帰郷、八月末から九月一日の宮古島帰島、そして十月の転勤による帰郷と、短い間の三度の海の旅は、鳳作にとって新たな生活への希望に満ちたものであったろう。連作五句にはその息吹のようなものが感じられる。無季俳句への確信を得たのも、力強い表現の大きな要素になっているに違いない。

しかし、こう書きながらも、実はずっと気になっていることがあったことを告白しなければならない。

しんしんと肺碧きまで海のたび

一般的に考えれば、「肺碧きまで」の後に用言が省略されているはずである。「しんしんと」を受けて「肺碧きまで〇〇〇」の文脈が想定される。つまり、この句には述部が省略されているのである。この「〇〇〇」には何が入るべきなのだろうか。適切な語がすぐに思い浮かばない。イメージとしては、海の青い色が肺の隅々まで広がるものだろう。青以外に見えない海上で呼吸すると肺まで青くなってくるというイメージである。

その場合の「しんしんと」は、静かな音のさまを表しているのだろうか。静かに静かに広がるということなのだろうか。そうだとすると、これは聴覚的なさまとなる。すると、どうしても〇〇に相応しい聴覚的な言葉が思いつかなくなるのである。

ここで、本歌の川端茅舎の句について改めて考えてみる。

いかづちの香を吸へば肺しんしんと

茅舎の「しんしんと」は、意味がはっきりとしているようだ。これは痛みが身に深く染みとおるさまの形容であろう。あるいはひどく痛むさまの形容であろう。前者は「深深」、後者は「岑岑」と表記されるものである。肺は「しんしんと痛む」のである。

ずっと気になっていたこととは、私は初見から根拠なく「肺碧きまで痛む」とあて読みをしてきていたことである。茅舎句の発見は、そのあて読みが事実無根のものではなかったのでないかという思いを誘うものだったのである。

青春の意気に碧く膨らんでいるかに見える肺は、実は密かに痛んでいるのではないか。このあて読みの誘惑にずっと捕らわれてきたのである。それは身体的な不安、小さな不安の種といってもいいものである。

しかし、そんな傍証は見当たらない。鳳作は頑強な身体の人でなかったことは確かなようだ。

夜々白く厠の月のありにけり

『篠原鳳作全句文集』（沖積舎・昭和55年）は、この一句から始まる。「病中」の前書きがつく。昭和三年二月の「ホトトギス」入選句である。また「身体が頑健でない所から、法律学よりも文学に魅力を感じ」（篠原鳳作年譜「大正十五年」項・山口聖二・前田秀子共編）ともある。東京帝大法学部を昭和四年に卒業しながら、鹿児島に帰り、沖縄・宮古島に旧制中学の職を得たのは昭和六年である。身体的な問題が関係していそうではある。

しかし、「しんしんと」の句の前後に、俳句としても散文としても、明瞭にそれと解るような記述は見当たらない。唯一、翌年の昭和十年の「一九三五年日記」に次のような記載があるのが目にとまる。帰郷から約半年後の五月である。


薬をのまずに専ら生命力の働きを盛んにすべし。

精神的にも肉体的にも苦痛と云ふのは要するに迷ひの自壊作用であり其がつよいほど解脱も

すみやかなるわけである。この事を知つて自分は始めて安心でき、身体がすき通つたやうな気がした。

今後薬には一切手をふれない事を決心す。薬をのむから病気になるのである。唯自分の生命力をつよめさへすればよし。

（五月二十二日（水）項　原文はカタカナ交じり文）

何時からかは知れないが、何かしら身体的な不調や不安を抱えていたことはたしかなようである。また「篠原鳳作年譜」によれば、この年から「生長の家」を愛読し、「神想観を正座によって修行しはじめている」ともある。恐らくこれもその根底に身体的な不調があってのことではないかと思われる。

鳳作が亡くなったのは、昭和十一年九月十七日。三十歳であった。「この頃から時々首筋の痛みを訴え鹿児島県始良郡の妙見温泉で治療したが快方をせず発作的に嘔吐を催すようになった」（五月）。「九月十七日、午前六時五十五分、加治屋町の自宅において病勢急に改まり、来診の医師も間に合わず、心臓麻痺で逝去」（篠原鳳作年譜）とある。昭和九年の身体状態とどれだけ結んでいいのかは解らないが、やはり斟酌してよいのではないかと思う。

ここでもう一度「しんしんと」の句に返って考えてみる。希望に満ちた青年の清廉な自画像というべき句であることが最も大切であろう。三六〇度真っ青な海の中で、自分の中にもその色が侵食してきて、海との一体感を得ている。ここには至福感が満ちている。このことを踏まえた上で、「しんしんと」には幽かな違和感が伴う。それを明言化することは難しいが、これがこの句の世界に奥行きを与えていることは間違いない。一瞬見えない影のようなものを感じさせるのだ。それを少しでも言い止められないかと、過剰な読みと過剰な背景を探ってきたのであった。

そして、それをひとえに鳳作の身体性に求めてきたのがこれまでだが、違う見方も可能かもしれない。茅舎句を本歌取りすることで成立したとすれば、鳳作の無意識のうちに、茅舎句の持っていた「しんしんと」の痛みの意味がコピーされて引用されてしまっているという考え方だ。鳳作句の「しんしんと」の幽かな違和感は、茅舎句の名残が感じさせるものだと考えるのである。そして、この句に不思議な奥行きを与えていると考えるのだ。言わば、作者の意図を超えてなった僥倖の句というべき意味である。

ここで再度「しんしん」に立ち返ってみる。「しんしん」の語は多様だからだ。『日本国語大辞典』には、「伸伸」は「ゆるやかなさま」、「津津」は「あふれ出るさま」、「振振」は「盛んなさま」、「涔涔」は「雨や雪などがしきりに降るさま」、「森森」は「樹木の高く深く生い茂ったさま」、「新新」は「いちだんとあたらしくなるさま」、「蓁蓁」は「木の葉などが盛んに茂るさま」、「駸駸」は「物事のはやく進むさま」などがある。最後の「駸駸」は幾分かの可能性を残すが、これらは鳳作句に該当はしないだろう。やはり「深深・沈沈」の「①奥深く静寂なさま」「②寒さ、痛みなどが、身にふかくしみとおるさま」、あるいは「岑岑」の「ひどく痛むさま」であろう。

やはり、痛みの形容の「しんしんと」と色彩の「碧きまで」の間には措辞のねじれがあり、複雑な感覚、感情を添わせていると言うしかない。肺が碧くなるまで痛みがしみわたるのだろう。

しかし、その時、この感覚的な「碧」は海に起源しながらも、海の色そのものではなくなっている。ここで日記の一節、「身体がすき通つたやうな気がした」を想起する。「碧」はこのような感覚の謂だったのではないか。深い自己浄化の願いを乗せていたのではないか。

たらちねの母よ――『片山桃史集』

かつて西東三鬼の第一句集『旗』を安価で入手したのを切っ掛けに、俳苑叢刊の全冊を数年かけて収集した。当時全冊揃いの古書価格は二十万円を超えていたが、それを一冊ずつ時間をかけて安価で収集した。お金をかけるのではなく、時間をかける収集方法で、コレクターの腕を磨こうと思ったのである。俳苑叢刊は、三省堂が昭和十五年に刊行した二十八冊のシリーズで、当時の若手から中堅クラスの俳人が参加している。編集にかかわったのは阿部筲人、藤田初巳、渡辺白泉で、俳壇の右から左まで、その目の行き届いた人選は、今日の方がはっきり見えるだろうか。判型も文庫本に近い小型本（菊半截判）で、入手しやすく読みやすいという意味でも画期的である。今日多く刊行されている句集のシリーズ本の嚆矢であり、また現在でも最も優れたシリーズ本であると言っていいだろう。そして、この昭和十五年は俳句弾圧事件のはじまった年でもある。当然弾圧された俳人も含くまれているから、ぎりぎりのタイミングで刊行された奇蹟的な叢書だった。

この収集の過程で、最も入手困難な句集が自ずから判ってきた。片山桃史の『北方兵團』である。

コレクターの言う「効き目」となっていた。三橋敏雄によれば、このシリーズの初版は三千部というから、格段『北方兵團』の部数が少ないということはないだろう。ただ、人気の句集は版を重ねたともいうから、『北方兵團』は初版のみだった可能性は高い。流通する他の句集で三版まで重ねたものを確認できるが、それらの句集は限られている。多くは初版のみと思われる。したがって、『北方兵團』が数量的に特に貴重な本だとは考えにくい。やはり片山桃史が置かれている俳壇的な状況が反映していると考えるべきだろう。

やがて俳壇のビッグネームとなった俳人の作品は、他の媒体で（全句集であったり、全集であったり、アンソロジー収録であったりする）読むことが可能だが、片山桃史には代替えのテキストがない。もちろん、このシリーズでも、片山のように他の媒体を持たないままの俳人はいるが、それが安価で流通するのは、テキストとしての高い評価を今日得ていない結果と考えられる。

片山桃史には他の媒体がないと書いたが、もちろんこれは正確ではない。宇多喜代子編『片山桃史集』（南方社・昭和59年）が存在するからだ。これは片山桃史全集であり、初出の九つの雑誌から俳句、評論、片山への批評を収集した宇多の労作である。しかし、これは何部刷られたものか、古書で流通している場面に遭遇したことがない。これもまた『北方兵團』以上の稀覯本としか言いようがない状況なのである。

同書巻末の宇多喜代子「片山桃史覚書」によれば、片山桃史は、昭和十二年八月に応召し、中国大陸に渡る。昭和十五年の春に帰還し、その年の秋に『北方兵團』を刊行し、翌年十六年八月再び応召する。昭和十九年一月二十一日、東部ニューギニアで戦死するが、その報がもたらされたのは、終戦後の昭和二十二年四月八日であった。これではまるで桃史が唯一の句集『北方兵團』刊行のために帰還したように思えてくる。
『北方兵團』は「戦争以前」と「戦場より」の二部仕立てになっている。「戦争以前」は昭和九年から出征前までの、言わば青春俳句である。

朝のそら碧くさくらは濡れてゐる
タイピストすきとほる手をもつ五月
落葉ふり人も仔犬も陽に甘ゆ
紫雲英野をまぶしみ神を疑はず
桐咲けり憂愁ふかく身に棲める

「戦場より」のタイトル裏には、次の一句が掲げられている。なお、「戦争以前」のタイトル裏は白紙である。

たらちねの母よ千人針赤し

『北方兵團』は基本的に一頁四句組なので、この一句は桃史にとって特別な句である。なぜ、この句は頁中央に一句立てで「戦場より」の巻頭に置かれているのだろうか。

千人針はづして母よ湯が熱き

共に母と千人針をテーマとする句で、桃史の代表句ともなっている。桃史の戦場俳句のテイストはこのようなものと思われがちであるが、実は「戦場より」で母を書いているのは、この二句と「汗し病み母よ黄天に風呂溢る」しかない。むしろ、「戦場より」では例外的な作品というべきものである。

宇多喜代子編の『片山桃史集』は、発表作品の初出誌を明記しながら、編年体で編んでいる。かつ、『北方兵團』収録の作品には、「＊」記を付している。また、『北方兵團』初出で、雑誌発表されていない作品は、宇多が配列の前後から制作年を推定して適宜挿入している。

ここから興味深い事実が浮かびあがる。「たらちねの母よ」の句は、句集初出で以前に発表された作品ではない。宇多は、この制作を昭和十三年と推定している。根拠は明確で、「戦場より」の二句目以降が昭和十三年八月号の「旗艦」初出だからである。その前に置かれたこの句は昭和十三年作だろうと推定しているのである。しかし、前述したように、この句だけは特別な組み方をされていて、他と同列に考えるべきではないだろう。なお、「千人針はづして母よ」は、昭和十四年の「旗艦」六月号と「俳句研究」七月号に発表された作品である。

一方、初出が明らかな句集最後の作品は、「旗艦」の昭和十五年八月号掲載の「秋風部落」五句である。

婦《をんな》喪服秋風帳をあふりたり

頑是なき人に銃擬す秋風裡

女去る秋風の兵を眼に視ざる
紅の鞋《くつ》手榴弾秋の土間に蠅
木の葉落つおちて吹かれぬ歩くは兵

これ以降が句集収録対象外となるのだが、その最初の「旗艦」九月号に「慈母永眠」という前書きで始まる連作が発表されている。齋藤茂吉の「死にたまふ母」を思わせる四十三句である。いくつか引用してみる。

洋傘の泪滂沱と夜汽車揺れ
帰還かの日病母我が手執り我が頰撫でし
梅雨ふかく桔梗の唇となりたまひし
母よ子に千人針はいまもある
かなしさは棺柩が触るる雨の木々

先に『北方兵團』を刊行するための帰還のようだと書いたが、むしろ母の看取りのための帰還というべきだったろう。宇多は春帰還と書いている。作品からは梅雨の時期に母を喪っている。ならば六月前後だろう。『北方兵團』は十月十五日付で刊行されている。編集の最中に、桃史は母を喪っていることになる。だから、母の看取りの句を収録することも可能だったはずである。しかし、桃史はそれをしなかった。それは「戦争以前」と「戦場より」という編集方針にそぐわなかったからだろう。それゆえに、桃史は「たらちねの母よ」を巻頭に置き、追悼に代えたのだと思われる。基本的には母に捧げる思いで句集を編んでいると言ってよいのではないか。制作時期も、宇多の推定の昭和十三年ではなく、昭和十四年の「千人針はづして母よ」の同時期か、昭和十五年の句集編纂時の「母よ子に」の制作時期に近いように思う。句の類似性から、昭和十五年を強く疑う。もっと言えば「母よ子に」の推敲形が「たらちねの母よ」ではないかと考えられる。ならば、「たらちねの母よ」こそが収録された句の中で最後に制作された句となろう。桃史は句集の中で、母の死について一切触れていない。ただ、「たらちねの母よ」を「戦場より」の巻頭に掲げているだけである。この沈黙は、どんな言葉よりも重く、読者の心を打たずにはおかない。

事実、『北方兵團』は不思議な句集である。桃史には発表された戦地での句がたくさんあるにもかかわらず、未発表で句集初出という作品がたくさんあるのである。なぜこんなことが起こるのであろうか。宇多は、収録された既発表の作品との位置関係から制作年を推定して、それぞれの年に割り振っているが、句集編纂時に新たに作成した可能性も否定しきれない。もちろん、雑誌に発表された戦場俳句は、軍事郵便の検閲を経てのものなので、送ることができない句があったとも考えられる。「凱旋の時は日誌類が持って帰へられぬ由、僕の日誌には俳句がありますので、持ち帰へられぬ場合を考慮して」と俳句の保管の依頼を父に書き送ったと、宇多が紹介している。無事に何らかの方法で句を持ち帰ることができたとすれば、書き送った以外の未発表作品があり、帰還後機会を得て句集に発表したとしても不思議ではないのであるが。

戦争俳句を、「前線（戦場）俳句」「銃後俳句」「戦火想望俳句」と分類することの意味をここで問わないことにしても、今日「前線俳句」の成果として評価される双璧は、長谷川素逝と片山桃史であろう。敢えて今日と書いたのは、往時は圧倒的に長谷川素逝の名が高かっただろうからだ。長谷川素逝も、句集『三十三才』で俳苑叢刊に参加している。私の所蔵は初版だが、この句集が三版まで重ねたことは流通する古書情報から確認できる。かつ、素逝には前年の昭和十四年四月に刊行した『砲車』という好評を博した句集も存在する。素逝は時代の寵児であったのである。

長谷川素逝の『三十三才』も、ちょっと不思議な句集である。自序で「三十三才。みそさざいとよめば、それはこの句集のやうにいとも小さい鳥である。さんじふさんさい　とよめば、それは私の今の年齢をあらはす」と、韜晦趣味の人を食ったような書き方をしている。かつて「みそさざい」と読む書誌に出会ったことがあるが、現在この句集の読みは「みそさざい」で定着しているのだろうか。句集刊行以後の書名の享受史を知らないで言えば、この自序からは「さんじゅうさんさい」が読みではないのか。「みそさざい」では、句集の内容にかかわってこない。だから句集の判型にこと寄せて書いているが、ならば俳苑叢刊すべてが「三十三才」であり、この句集の固有性を言うことにならないのだから、これはウィットの類であろう。ゆえにこれは「さんじゅうさんさい」の読みを示唆していると考えるのが筋であると思うが、いかがだろう。

『三十三才』は編年体で、昭和十年以前から十四年までの作品を収める。このうち昭和十三年が「砲車抄」で、『砲車』二百句から三十八句を抄出している。そもそも高浜虚子が『砲車』には長い序を寄せていて、実に五十九句を引用している。門弟・素逝としては、僅か十一ヶ月前に刊行された師・虚子の推す五十九句から三十八句を抄出すれば事足れりと思えるが、そうしていない。素逝自身の目で一から選んでいるのである。それは虚子推しの強い聖戦意識を希釈するような選に見える。当時の虚子の絶対的な存在の大きさを考えれば、これはこれで素逝の問題として論ずるに値するが、今はこれ以上は触れない。ここでは、素逝の戦場俳句の意味をはっきりさせるために、『三十三才』の自選句からではなく、『砲車』序で虚子が引く推奨句から引用してみる。

稲の山にひそめるを刀でひきいだす
雪に伏し掌あはすかたきにくしと見る
酷寒とうゐとのかたきあはれまず
雪の上にうつぶす敵屍銅貨散り
てむかひしゆゐ炎天に撲ちたふされ

素逝の自選と被っているのは「雪に伏し」「雪の上に」「てむかひし」の三句である。素逝は砲兵少尉として応召し、砲兵中尉となって、やがて病を得て帰還した。素逝は、日本の「聖戦」の最前線を表現してみせた作家だと言える。そして、それゆえに人気を得たのである。

一方の片山桃史はどうか。自序で「戰場俳句に於ける僕の射撃は激情の速射を戒しめ、距離の測定、照準の正確、引鐵を落す指先ばかりに囚はれたため、彈著は概ね対象の足許で土煙をあげた。本当はそれらを統べる精神の問題だつた」と自照の言葉を連ねる。これでは「聖戰」の意気は上がらない。「この集に収めるに際し、止血、治療の処置を施した作品のあることを附記する」とも書いている。これは句集初出の句があることへの言及かもしれない。あるいは、現在の俳壇状況を考えて自重的な筆を入れていることの示唆かもしれない。

南京陥つ輜重黙々と雨に濡れ
旗すすむ敗残兵は地にこごえ
我を撃つ敵と劫暑を倶にせる
敵潰え春暑き大黄河あり
担架昇けりちきしやう狙撃してやがる

同じように戦果や対敵をモチーフとする句を選んだが、その数は多くなく、しかも戦意を煽るようには書かれていない。これは桃史の戦場での在り方と大きくかかわっているだろう。素逝が砲兵中尉のように戦う将校であったのに対し、桃史は「衛生兵」である。その地位は明らかではないが、よくて軍曹クラスであろう。戦場を担架を抱えて這いまわり、負傷兵の救助が仕事である。丸腰に近い状態で戦場を駆け、敵に狙われることはあっても敵を狙い撃つような環境にはいなかったのである。それは「劫暑を倶にせる」のような敵味方を超えた感性を生んでいる。殆ど同じモチーフが素逝にもあるが、「われ暑ければかたきも暑し暑にはまけじ」となる。戦場でのヒューマンな視点が桃史の特徴と言ってもいい。

射ちつくし壕すてざりし屍なり
枯原に圓匙いつぽん立てて死ねり

「童子軍」と題する中の二句。もちろん敵兵であろう。少年とも呼べない幼い敵兵の戦死に対するレクイエムであろう。ここには追悼の思いはあっても、「にくし」「あはれまず」というような感情は働いてはいない。

片山桃史の戦場俳句には、発表当時から賛否があったようだ。桃史への批評が、『片山桃史集』に「参考」として併載されているが、その中で「担架中隊」と題する連作十四句に対して、まったく反対の評価がされている。幾つか引こう。

シュシュと砲担架中隊匍ひすすむ
匍ひすすむ手あげしは傷者見つけしなり
重機音まともにこちら向いてゐる
水を欲り重傷者なりやるべきか
水欲し亢奮の掌にのみこぼす

古川克己は「桃史の前線作品について」(『旗艦』58号・昭和14年10月)で、次のように批判している。

実を言ふと、この一聯十数句は、なにものも消化せずにはやまない作者のすさまじい意欲にうたれたのみで、芸術的感銘をうけるところは甚だ寡かつたと言はねばならぬ、わづかに「匍ひすすむ手あげしは傷者見つけしなり」が、傑れてゐるが、総体的に見て、冗漫といふよりも、単調な調子は、ニユース映画の一カツトにも及ばず、惜しくも印象を平板にさせてしまつてゐる。戦闘描写のむづかしさは、ひととほりのものではないであらうが、何か、こう、伏線的なものでもあつた方が、鑑賞者の手懸りのためにも良いのではないだらうか、とかく、ニュース映画にも食傷しがちの、銃後大衆に対して、真に感動がつたはるやうな戦闘描写を示すなどとは、全く至難の業かも知れないが。

ここで古川が求めているのは、ニュース映画を凌駕するような豊かな映像的イメージであろう。「伏線」とは、あるいは判りやすい戦功でもあろうか。だが、それは「戦火想望俳句」が「想望」ゆえに具現した鳥瞰的な世界とでもいうべきものである。「戦火想望俳句」の収穫である西東三鬼『旗』、三橋敏雄『弾道』から引いて紹介しておこう。

機関銃黄土ノ闇ヲ這ヒ迫ル
逆襲ノ女兵士ヲ狙ヒ撃テ！
少年ノ単坐戦闘機血ヲ垂ラス　　西東三鬼

塹壕に蠍の雌雄追ひ追はる
絶叫する高度一万の若い戦死
射ち来たる弾道見えずとも低し
夜目に燃え商館の内撃たれたり
戦友の血飛沫を見る火線なり　　三橋敏雄

山を越え河越え孤り戦死せり
毒瓦斯に倒れて手足あり動く

しかし、戦火の中の視線は、決して戦火の全体像を見ることはなく、その局地だけを見ることができるものである。桃史の戦場俳句はそのことに忠実であろうとすることで、戦場俳句たり得たはずなので、古川は問題の本質を理解していないというべきだろう。しかし、「銃後大衆」が求めていたものは何かの示唆には充分なっていよう。

一方、吉田忠一は「『北方兵團』雑感」（「旗艦」73号・昭和16年1月）で、桃史を高く評価する。吉田は従軍経験があるばかりでなく、「中隊附衛生兵」として働き、「衛生隊輜重兵」の桃史と近い職能を経験している。その吉田は、戦争体験者を「玄人」、銃後の未経験者を「素人」と呼び、書き出しで銃後の夥しい戦場への誤謬認識を正し、「銃後の戦争常識が遅々として進まないかの如く見えるのは、我国の文化面がこの程度の頭で然るべく処理されて来たにも因る」と批判している。そして桃史は紛れもない「玄人」の戦争俳句を書く作家として、「何故、片山桃史君は玄人向きの戦争俳句を作つたか。その事情は私にはわからない。しかし、彼が戦争に身を投げ入れたとき、瞬時もリアリストたる自分を忘却しなかつた事だけは、謂ひきれる。実際彼は比類なきリアリストであつた」と述べ、この「担架中隊」を具体的に論じている。

また、日野草城も評価する一人だ。「片山桃史君へ（三）」（「旗艦」62号・昭和15年2月）で、「担架中隊」を丁寧に鑑賞している。注目するべきは、先に引いた「水を欲り」「水欲し」の二句についてのものである。「出血が多いと喉の渇きも劇しい。重傷者がしきりに水を欲しがる。水をやることは出血を促すからやらない方がいいのだ。しかしこの傷の重さから想像すれば果していのちを取り止め得るかどうかは疑問である」という状況において、「やるべきか」は、死に水を与えるか否かの選択を衛生兵として迫られているのだとする。そして「切望の水は遂に与へられた。いのちをかけた水である。亢奮にぶるぶるとふるへる掌に水をこぼしながらがつがつと飲みむさぼる。その満悦の表情の何とかがやいてゐることか。而もこれは所詮助からぬ人なのだ」と言う。つまり、「担架中隊」十四句の連作は、負傷兵を見つけながら、助からない命と判断し死に水を取らせ、看取るまでのものであり、その死を哀悼するものである。既成の銃後の想像力の範囲内にある古川には「伏線」が見えなかっただけであった。あるいは、遅れて草城が筆を執ったのは、古川の読みを正す意味があったかもしれない。

桃史の俳句活動期は、初学の昭和七年から十七年の十年ほどに過ぎない。長足の勢いで優れた俳句認識者に、そして表現者に成長したことになる。桃史は俳句をどのように捉えていたのであろうか。次に引く「『季語』が俳句を進めるに非ず」（「旗艦」73号・昭和16年1月）の言葉が、桃史の俳句への考えを端的に示しているだろう。

私は現在の俳句は大いに変貌して来てはゐるが今後とも変つてくるであらうと思つてゐる。然し物事は木に竹を継いだやうな具合には決して変つてゆくものではなく変るべくして変るのであると思ふ。だから俳句現在の姿は俳句発生以来の流れの力に強力に制約され殆んど身動きならぬ立場であるのが本当であるが、これでは俳句の流れその時その時に於る真の姿を把むことが出来ないし俳句の進展と云ふものを説明することは出来ない。だから俳句現在の姿は同時に未来からの強い制約も受けてゐるのである。「かくある可き」或は「あらま欲し」と云ふ未来からの力と、過去からの力を統一する処に現在の俳句の姿が見出される。だから未来からの力を受けることの少い、或は受けることを欲しない人の俳句は過去の制約の中で窒息してしまつてひたすら形骸に睡つてゐるし、過去の力を全然拒否しひたすら未来よりの力に縋つてゐる人の俳句は俳句とは別の種類のものに近づいてゆく。

「未来からの力と、過去からの力を統一する処に現在の俳句の姿が見出される」という認識は、大局観に優れた聡明な見方であろう。私達は、とかく俳句の根拠を過去の軌跡にのみ求めがちである。しかし、俳句を「書く」ことでかかわるのであれば、その軌跡をどのように未来へ繋ぐかという視点もまた欠くべからざるもののはずであった。

ところで、宇多喜代子が「評論・その他」に分類し収録した『片山桃史集』の中に不思議な一編がある。これが「その他」の正体である。

　　秋ふかし

　　　　——従軍手帖より

銃　日章旗の寄書はもう読めない

担架　千人針を風に垂らして
工兵　丘の夕焼を削つてゐる
夜行軍　どこまで歩いてもペガサスの中
秋の河　黄金いろの鯉を草の上に売り
　治安維持会が出来てゐた
道　兵隊を載せ中央亜細亜の天へ入る
歩兵　その襟章は何故赤い
日暮　女は鞋《くつ》を縫つてゐた
　落葉が足を埋めてゐる

「旗艦」（69号・昭和15年9月）に掲載された。発表はちょうど桃史が帰還していた時期である。「従軍手帖より」とあるから、無事に手帖を持ち帰れたのだろうか。連作の一行詩のようである。「馬　軍港を内蔵してゐる」（北川冬彦・大正15年）などの一行詩の影響を受けているのかもしれない。俳句創作のためのメモ書きとも考えられるが、ならばこれらは発表しないだろうし、これらを俳句化したと思しきものは見あたらないので、やはり連作の一行詩と考えておくのがいいと思う。桃史の俳句と印象が違うとすれば、「治安維持会」の一編を除けば、映像性が強いということだろうか。その意味では古川が求めていたような世界がここにはある。日々の印象的な場面を書きとめて構成したのであろうか。戦場の土に汚れた武運長久の寄書の日章旗。運ばれる担架から垂れ下がった負傷兵士の千人針。夕焼の中で丘を掘る作業を続ける兵士。ペガサス座の下で続く大陸の行軍。そして、黄金色の鯉を売り、鞋を編んで生活を立てる住民の姿。その中を転戦してゆくのである。時には歩兵の襟章を血で赤く染めながら。

これはリアリスト桃史が、限られた戦場の局地的視点から、戦争の全体を俯瞰するような視点へ抜け出ようとした試みなのであろうか。それは「治安維持会が出来てゐた」の一編に、状況への洞察をひらこうとする視線を見ることと同じであるかもしれない。

マルクスは偶像なりや――自筆草稿「渡辺白泉句集」

渡辺白泉の自筆草稿「渡辺白泉句集」を静岡の古書店から入手した。まずはその全四十八句を、掲載順そのまま、また表記もそのままに翻刻して紹介する。

マルクスは偶像なりや暖爐冷ゆ
瓦斯燈のなかに鳴いたる千鳥かな
極月やなほも枯れゆく散紅葉
翁らの句をぬらしたるくさめかな
寒雲の二つ合して海暮るゝ
麦踏のかほの下からさす日かな
探梅や椿のつぼむ山の鼻
みつばんのきこえてくるや眠りしな
蔓枯れて大きな鴉飛びにけり

冬の日や茶碗の腰の窓の影
オリーヴの葉をくわえたる寒哉
木枯や杉を振子に草の庵
春の夜や四谷見付の終電車
竹垣の倒れてゐるや梅の花
風吹いて朝日さすなり春の泥
鶯や金肥の強き麦ばたけ
石段をのぼりてくだる春の暮
春潮の爆裂したる白さかな
庭なかに廻りてふるや春の雪
春昼や催して鳴る午後一時
枯草の薄は高し梅二輪
鶯や朝日の中のあすならふ
藁塚を坂に作れば崩れけり
行春や強き風吹く家の外
春風や藁屑うごく泥のなか
藤咲いて山の手曇る都かな

片羽をしまひ損ねし燕かな
苗代や落して移る雲の影
牛乳をしぼつてゐるや揚羽蝶
夕立のやんで日のさす谷間哉
白雲の下に擦れ合ふ穂麦哉
あとあしを伸ばして暮る、ひきがへる

終戦

新しき猿又ほしや百日紅
新緑や白猫のゐる枇杷の下
鳥籠の中に鳥とぶ青葉かな
松風や長き袋の千歳飴
ある石に赤くほれたるとんぼ哉
秋晴や欅のうつる味噌の壷
秋晴や竿町の暗き坂
仰向けになりて曳かる、とんぼ哉
曼珠沙華むかしおいらん泣きました
椋鳥はぶつかり合ひて渡りけり

もぎにけり向うの岸の無花果を
松の木のならびてへこむ秋の山
秋風や梢打合ふ男松原
葉先よりほのと催す紅葉かな
白木蓮やころがり渡るすゝの粒
行年の肌引はたく師走哉

草稿は半紙を二つ折りにして袋和綴され、一面に二句（半紙一枚に四句）が、墨書（一部ペン書き）されている。不思議なのは同一句を二回（一部一回）並列して書いていることで、墨書の練習を兼ねた草稿と考えられるものである。同一句の二句を見比べると、句の異同はないが一部書体の変化は見られるので、そう推測する以外にない。表一には「白泉句集」とあり、ペン書きを上から墨でなぞっている。表四には「渡辺白泉句集」とあり、ペン書きをペンでなぞっている。四十八句を右に紹介したが、実は巻頭の二句は、表一の余白にペン書きされているものである。後日書き加えられたものと思われる。

この草稿句集の旧蔵者は判明している。井深巖氏で、渡辺白泉の静岡県立三島南高校在職時代の同僚である。大正十三年生まれで、白泉よりも十一歳ほど若い。ご遺族によれば、家族ぐるみの付き合いがあったと言う。白泉から直接贈られたものを、井深氏が令和元年五月に亡くなるまで所蔵し、没後に古書店に出たものである。なお、贈られた時期ははっきりとしないとのことである。
白泉の三島南高校奉職までの戦後の足取りを、三橋敏雄編の略年譜（『富澤赤黄男 高屋窓秋 渡邊白泉集』朝日文庫・昭和60年）で確認しておく。昭和二十年九月、復員。同年十一月、太洋物産に入社。昭和二十三年一月、同社を退社し、三月より岡山県に移住。五月より岡山県立林野高校、二十四年八月より岡山市立石井中学に勤務。二十六年三月石井中学を退職し、四月より静岡県立三島南高校に勤務。二十七年四月、沼津市立沼津高校へ転勤。以後、四十四年一月に亡くなるまで沼津高校に勤務した。

これに照らせば、井深氏と同僚であった時期は、二十六年四月から翌年二十七年三月までの一年である。また、白泉は転勤に伴って、三島から沼津に転居している。後日贈った可能性もあるが、この期間に井深氏に贈与した可能性を一番に疑ってみるべきだろう。なお、井深氏は、その後も昭和三十七年まで三島南高校に在職し再び同僚としては勤務していない。

もう一つ、これも三橋敏雄の筆の力を借りて、白泉の書誌を確認しておく。

戦前の白泉に書籍化された俳句作品はない。ただ、昭和十五年に刊行された河出書房の『現代俳句』（全三巻）の第三巻に入集予定であったが、俳句弾圧事件による検挙にともなって直前に差し替えられ、未掲載に終わったという。ちなみに第三巻の掲載者は、日野草城、西東三鬼、藤田初巳、東京三、富澤赤黄男、篠原鳳作である。白泉に代わって東京三（秋元不死男）が入集した。西東三鬼、東京三、藤田初巳は入集後に検挙された。『現代俳句』は、当時の最前線の作家を集めた優れたアンソロジーである。同年刊行の三省堂の俳苑叢刊二十八巻には白泉は編集する立場にいたため参加せず、同じく編集部にいた藤田初巳とともに『現代俳句』に参加する流れであったが、検挙によって白泉は外されてしまった。検挙の遅速の結果として、当時の最前線の作家で白泉のみ両企画に作品を見ないという結果となってしまったのであった。

渡辺白泉の作品が初めてアンソロジーに掲載されるのは、戦後も遅れて昭和三十二年の『現代俳句集』（『現代日本文学全集91』・筑摩書房）である。白泉はここに自選句二五八句を掲載した。白泉は戦後俳壇と断絶したわけではないが、無所属のまま積極的な活動はせず徐々にフェイドアウトしてゆくのであった。三橋敏雄編「渡邊白泉初出発表順句集」（『渡邊白泉全句集』）によって戦後の作品発表を『現代俳句集』刊行の昭和三十二年までを見ると、昭和二十一年は「現代俳句」（9）「俳句界」（11・12）の二回、二十二年は「俳句研究」（3）「壺」（4）「俳句界」（6）「現代俳句」（8）「俳句研究」（9・10）の五回、二十三年は「水輪」（1）「俳句藝術」（7）「俳句藝術」（12）の三回、二十四年から二十六年まで発表はなく、二十七年は「新暦」（1）一回、二十八年はなく、二十九年は「俳句（昭和三十年度俳句年鑑）」（1）の一回、三十年は「芭蕉」（9）「芭蕉」（10）「芭蕉」（11）「芭蕉」（12）の四回、三十一年は「俳句研究」（2）「俳句（昭和三十二年度俳句年鑑）」（12）の二回である。白泉の活動の様子が判るであろう。俳壇から半ば消えつつあった白泉を『現代俳句集』に収録したのは、ひとえに編者・神田秀夫の慧眼であった。余談だが、このアンソロジーは今でも名著の誉れが高い。自由律まで広げた懐の深い視野で俳人を網羅したばかりでなく、昭和三十二年の段階で、戦後派の主要作家となる桂信子、澤木欣一、古沢太穂、高柳重信、鈴木六林男、佐藤鬼房、金子兜太などまで入集させている。私事だが、初学の頃に名前を引用句で知るのみのこれらの俳人の作品をまとめて読みたいという欲求を満たしてくれたのが、このアンソロジーであった。コピーが一般でなかったころで、図書館でここから作品をノートに書写した経験を持っている。

二度目の書籍化は、昭和四十一年八幡船社「私版・短詩型文学全書」の第五集として刊行された『渡邊白泉集』である。単独の自選句集としては最初となる。しかし、小冊子の体裁のもので、本格的な個人句集とは言えないだろう。ここに白泉は自選一二九句を収めた。

白泉生前の作品集は以上の二冊であった。テキストに恵まれないままの状況で生涯を閉じたと言えよう。

渡辺白泉の自選句集の定稿は、周知のとおり『白泉句集』（書肆林檎屋・昭和50年）である。昭和四十四年一月三十日に急逝した白泉の没後、昭和四十四年（月日はないが、一月以外にはありえない）と「あとがき」に記された昭和四十三年までの作品の自筆句集が発見された。生涯にわたる完全な自選句集である。この印影本が『白泉句集』である。四九六句を収める。第一句集にして遺句集と三橋敏雄は言う。実は、先の草稿を自筆と判断できるのも、ここで筆跡を知ることができるからである。この句集の分冊として三橋敏雄編の活字本『渡邊白泉句集＊＊拾遺』を付して一つの筐に収めている。これは『白泉句集』に漏れた句から高屋窓秋の選に三橋敏雄の加除を加えた作品二三六句である。『白泉句集』の厳選に落集した作品を惜しんでの三橋の措置で、主に戦前の新興俳句時代の句が中心である。なるほど、人口に膾炙した次のような句も拾遺中の作品である。

日の丸のはたを一枚海にやる
海坊主綿屋の奥に立つてゐた
繃帯を巻かれ巨大な兵となる
全滅の大地しばらく見えざりき
戦場へ手ゆき足ゆき胴ゆけり
提燈を遠くもちゆきてもて帰る

最後に現在のテキスト状況も確認しておく。三橋敏雄編『渡邊白泉全句集』（沖積舎・昭和59年）が、最終形のテキストである。これは三橋が収集した『白泉句集』別冊の『拾遺』の基本データであった「渡邊白泉初出発表順句集」を中心とし、これに筑摩書房版の「渡邊白泉集」、八幡船社版の『渡邊白泉集』、書肆林檎屋版『白泉句集』を併録した上に、「拾遺」として「白泉自筆の句集草稿、ノートによるもののほか、編者三橋敏雄が確認し記録しておいた白泉作品のうち、未発表の分」を加えた完全版と言えるものである。ここに最も充実したテキストを持つ作家として白泉が蘇ったのである。つまり白泉は没後に完全なテキストが復元され評価を高めた俳人としてかなり珍しい作家なのだ。なお、『富澤赤黄男 高屋窓秋 渡邊白泉集』（朝日文庫・昭和60年）は、この抄出版であり、更に『渡邊白泉全句集』（沖積舎・平成17年）は、明記はないが異装再版本である。

かくて重複や異同の句形を除いた句の実数は、一三〇〇句となっている。ただここで特記すべきは、自選の最終形である『白泉句集』の四九六句中の一六二句が『白泉句集』に初出する未発表句であるということである。これはなにも戦後作品に限ってということではなく広く分布する。弾圧事件に遭遇した経緯や戦後の固有の活動などが反映していると思われるが、創作の謎は多い。

　書肆林檎屋版『白泉句集』は、白泉によって独特の編集を施されている。すなわち、全体は「涙涎集」（自昭和八年至昭和十六年）、「欅炎集」「瑞蛇集」の三部に立てられ、「涙涎集」にはない下位の章が「欅炎集」「瑞蛇集」にはある。「欅炎集」は、「散紅葉」（自昭和十六年至昭和二十年）「水兵紛失」（自昭和十九年至昭和二十年）の二章、「瑞蛇集」は「霧の舟」（自昭和二十年至昭和三十六年）「夜の風鈴」（自昭和三十九年至昭和四十三年）の二章である。

　白泉は「あとがき」で「涙涎集」は「わたくしが作句をはじめた昭和八年のころから、新興俳句事件のため逮捕されて収監された昭和十六《ママ》年初夏までの作品を、大体年代順に収めた」「所収の作品は、ごくわずかな例外を除いて、当時の俳誌、文芸誌その他に発表したものである。しかしながら、これらの資料は、検挙の際そっくり京都地検に押収されてしまったので、集をまとめるには、わたくし自身の記憶に頼るほかなかった」という。「欅炎集」は「不起訴になった時、わたくしは執筆禁止という条件をつけられたが、もちろんわたくしは作句をやめることができなかった」「内容は二つの部分に分けた。第一部の『散紅葉』の方には、古俳句を読み返して得た詠情から生まれた作品を集め、第二部の『水兵紛失』には、応召中の作品を集めてある」という。『散紅葉』の大部分は、戦後、石田波郷氏等の努力によって生まれた現代俳句協会の機関誌に発表したことがある。『水兵紛失』の方は、『現代日本文学全集』の『現代俳句集』に、約半分ほど入れてある。こちらはわたくしの従軍日記ともいうべきもの」という。「欅炎集」は複雑な要素が幾つも絡まっている。「古俳句」と「従軍日記」という作品の性格によって二つに分けられたことで、制作時期が被っていることがひとつ。かつ、「執筆禁止」期間の作品ということで、未発表のものが多く、また発表されても制作時期と大きく離れた戦後であったりする。三橋敏雄編の「渡邊白泉初出発表順句集」と制作時期のずれが大きいことを承知しておく必要がある。「瑞蛇集」は「戦後の作品を収めた」「これを『霧の舟』と『夜の風鈴』とに分けたのは、この間に五年ぐらいの空白に近い期間があったから」という。

さて、ようやく自筆草稿「渡辺白泉句集」を確認する要件が整った。まず書肆林檎屋版『白泉句集』に、白泉が自選した句を集めてみる。併せて部立を示す。『白泉句集』初出でなく、発表句である場合はその初出もしめす。また、表記の異同を＊で示す。Sは昭和の略である。

極月やなほも枯れゆく散紅葉　「散紅葉」「俳句藝術」（S23・7）

翁らの句をぬらしたるくさめかな　「散紅葉」『現代俳句集』（S32・4）＊「哉」

寒雲の二つ合して海暮るゝ　「散紅葉」「俳句界」（S21・11、12）

探梅や椿のつぼむ山の鼻　「散紅葉」『現代俳句集』（前出）

木枯や杉を振子に草の庵　「散紅葉」『現代俳句集』（前出）

春の夜や四谷見付の終電車　「散紅葉」「俳句（俳句年鑑）」（S30・1）

竹垣の倒れてゐるや梅の花　「散紅葉」「壺」（S22・4）

風吹いて朝日さすなり春の泥
鴬や金肥の強き麦ばたけ
春潮の爆裂したる白さかな
庭なかに廻りてふるや春の雪
枯草の薄は高し梅二輪
鴬や朝日の中のあすならふ
春風や藁屑うごく泥のなか
藤咲いて山の手曇る都かな
白雲の下に擦れ合ふ穂麦哉
あとあしを伸ばして暮る丶ひきがへる
新緑や白猫のゐる枇杷の下
鳥籠の中に鳥とぶ青葉かな
松風や長き袋の千歳飴
秋晴や欅のうつる味噌の壷
秋晴や笄町の暗き坂
椋鳥はぶつかり合ひて渡りけり

「散紅葉」（初出）
「散紅葉」『現代俳句集』（前出）＊「畠」
「散紅葉」「俳句藝術」（S23・7前出）
「散紅葉」「俳句藝術」（S23・7前出）＊「中」「まはり」
「散紅葉」「壺」（前出）＊「す丶き」
「散紅葉」『現代俳句集』（前出）＊「あすならう」
「散紅葉」「俳句藝術」（S23・7前出）＊「わら」「中」
「散紅葉」「現代俳句」（S21・9）
「散紅葉」「現代俳句」（S21・9前出）
「散紅葉」「俳句藝術」（S23・12）
＊「て暮る丶」→「日暮る丶」「蟇」
「散紅葉」『現代俳句集』（前出）
「散紅葉」「俳句藝術」（S23・12前出）＊「なか」「飛」
「散紅葉」「鶴」（S17・1）
「散紅葉」「俳句界」（S21・11、12前出）＊「映」
「散紅葉」「鶴」（S16・11）
「散紅葉」「俳句界」（S21・11、12前出）＊「は」→「の」

秋風や梢打合ふ男松原　「散紅葉」「俳句界」（S21・11、12前出）＊「打ち合ふ」

終戦

新しき猿又ほしや百日紅　「水兵紛失」『現代俳句集』（前出）

瓦斯燈のなかに鳴いたる千鳥かな　「霧の舟」『現代俳句集』（前出）＊「ガス」「中で」

麦踏のかほの下からさす日かな　「霧の舟」『現代俳句集』（前出）＊「麦ふみ」「差す」

蔓枯れて大きな鴉飛びにけり　「霧の舟」『現代俳句集』（前出）

藁塚を坂に作れば崩れけり　「霧の舟」『現代俳句集』（前出）

牛乳をしぼつてゐるや揚羽蝶　「霧の舟」「俳句藝術」（S23・12前出）＊「搾」

夕立のやんで日のさす谷間哉　「霧の舟」『現代俳句集』（前出）

ある石に赤くほれたるとんぼ哉　「霧の舟」（初出）＊「或」

仰向けになりて曳かる丶とんぼ哉　「霧の舟」「俳句藝術」（S23・7前出）

曼珠沙華むかしおいらん泣きました　「霧の舟」『現代俳句集』（前出）＊「まんじゆしゃげ」「昔」

もぎにけり向うの岸の無花果を　「霧の舟」『現代俳句集』（前出）

松の木のならびてへこむ秋の山　「霧の舟」『現代俳句集』（前出）＊「並」

四十八句中三十六句が『白泉句集』に入集の作品であり、その内訳は「散紅葉」二十四句、「水兵紛失」一句、「霧の舟」十一句である。戦前の発表句は二句に止まり、一番多いのは、昭和三十二年刊の『現代俳句集』初出の十五句である。先に昭和二十六年から二十七年頃に井深氏に贈与された可能性があると書いたが、そうであれば、これらの十五句はこの時点では未発表作品であったことになる。また、昭和四十四年の日付でまとめられた『白泉句集』の「散紅葉」の原型の一つである可能性もある。ともあれこれは創作ノートではなくて、戦前作からの選句集である。

次に残りの十二句のうち、『白泉句集』に落集した既発表句が四句ある。

みつばんのきこえてくるや眠りしな　『現代俳句集』（前出）＊「寝入りしな」
オリーヴの葉をくわえたる寒哉　『現代俳句集』（前出）＊「くわへたる寒さかな」
春昼や催して鳴る午後一時　『現代俳句集』（前出）
片羽をしまひ損ねし燕かな　「俳句藝術」（S23・7前出）＊「そこねし」

『白泉句集』に入集せず、かつ「渡邊白泉初出発表順句集」にもその初出が見あたらず、「白泉自筆の句集草稿、ノートによるもののほか、編者三橋敏雄が確認し記録しておいた白泉作品のうち、未発表の分である」（『渡邊白泉全句集』凡例）「拾遺」にも掲載されていない句は次の八句である。すなわち、この草稿「渡辺白泉句集」によって新たに発見された新資料となる。

マルクスは偶像なりや暖爐冷ゆ
冬の日や茶碗の腰の窓の影
石段をのぼりてくだる春の暮
行春や強き風吹く家の外

苗代や落して移る雲の影
葉先よりほのと催す紅葉かな
白木蓮やころがり渡るす丶の粒
行年の肌引はたく師走哉

「拾遺」は、渡邊家に残る草稿、ノート、三橋の記憶（記録）に残るものすべてを収集したもので、それゆえ白泉生涯句数一三〇〇句は揺るぎのないものと、三橋は考えている。「ただし、今後の調査により、このうち若干の既発表作品が判明する可能性あり」（朝日文庫「解説」）と、未発表として扱った作品の中に、発表句が発見される可能性は示唆しているが、それはあくまでも一三〇〇句の内訳の中でのことである。新たな句の存在は予見していない。

三橋は、『白泉句集』について、「私は、生前の白泉には、すでに句集の体裁をとった自筆本があることを知っていた。が、それとは異なる、別個の白泉自筆句集稿本が、そのとき、私の眼前に出現した」（『渡邊白泉＊＊拾遺』あとがき）と書いている。白泉には先行する別稿があったことが分かる。これは「拾遺」で使われた渡邊家に残る草稿の類に含まれるものであろう。その中の下稿の一編が、今回の自筆「渡辺白泉句集」である可能性が高い。ただし、早く白泉の手元を離れたので、渡邊家の資料として残らなかったものと推察される。

自筆稿「渡辺白泉句集」中で、戦後作品「霧の舟」に掲載された作品の最後には、次の三句が続いている。

蔓枯れて大きな鴉飛びにけり
藁塚を坂に作れば崩れけり
ガス燈の中で鳴いたる千鳥かな

この直後に「岡山より単身上京」と前書きのある「冬の旅こゝもまた孤つ目の國」(「俳句(俳句年鑑)」S30・1発表)の句が続く。七句挟んで「沼津に住む」の前書きの「沼津初夏一重瞼の皇太子」がある。これらの状況から、自筆稿「渡辺白泉句集」は、沼津以前の作品であると推察される。これは、白泉が井深氏に贈与した時期と考えた昭和二十六年から二十七年と矛盾なく符合する。

自筆「渡辺白泉句集」は、選句草稿である。選んだ句を二度書きして筆写の練習をしているようにに見えるものである。これは改まって人に贈与する類のものではない。人の眼を意識した浄書稿や色紙、短冊の類ならば贈与の品として自然である。しかし、このような草稿を贈与したとすれば、白泉と井深氏の肩肘張ることのない親しい関係から以外に考えられない。また、白泉から贈与を申し出る性格のものとも思われない。親しい出入りの中で、十一歳若い井深氏が、所望したのだろうと推測する。したがって、同じように流出した草稿が他にたくさんあるとも考えにくい。今回発見の句は、一度は白泉の選に入ったものである。いかにも白泉らしい佳句もある。早い時期に手元を離れなければ、いずれ入集、発表の機会もあったことだろう。ともあれ、保持し続けた井深氏は、親交の情を全うしたことで、継承の責をも果たしたと言えるだろう。

朝虹——長谷川零余子と鈴木虎月

今日の俳壇では忘れ去られた観がある長谷川零余子は、俳句の近代を現代へ架橋した大切なキーマンである。水原秋桜子は、「馬酔木」によって反「ホトトギス」に転じ、俳句の潮流を奪取して、昭和を現代俳句に拓いた。様々な評価があるにしても、「ホトトギス」一極時代を終わらせ、「ホトトギス」に代わる「俳壇最有力誌」（『日本近代文学大事典第五巻』講談社・昭和52年）となったことは間違いなく、その後の俳句誌の多極化をもたらした。しかし、その前段階に脱「ホトトギス」とも言うべき時期があり、そこで次代の作家を揺籃していたことは、上書きされた今日の「俳句史」からは見えにくいが、その中心に長谷川零余子がいた。

例えば、水原秋桜子主宰となった「馬酔木」の前身である「破魔弓」創刊時（大正十一年）の選者に迎えられたのは、長谷川零余子である。その選を、若き水原秋桜子や山口誓子が受けている。その母胎となった第一次「東大俳句会」（大正四年）の創設者でもある。吉岡禪寺洞の「天の川」の創刊時（大正七年）の選者として迎えられたのもまた、長谷川零余子であった。また、「句と評論」の松原地蔵尊も、長谷川零余子の周辺の作家として出発している。当時、零余子は、若い世代に人気の俳人であった。

先に脱「ホトトギス」と書いたが、零余子は明確に「ホトトギス」に反旗を翻すというよりは、その方法と人脈を持ち出して、月七万句が投じられ、一万部を刷ったとも言われる、「ホトトギス」に拮抗するまでの組織を、主宰誌「枯野」（大正十年創刊）に実現させていた。零余子は「ホトトギス」の編集に携わりながら、「地方俳句界」の選を十年の長きにわたって担当した。選という視点から言えば、これは高浜虚子の「雑詠」と並んで「ホトトギス」の両輪とも言える。同人による課題句の選者もあるが、これはその都度指名される単発的なものであり、継続的なものはこの二つである。ここで零余子は月二万句を閲していたというのである（長谷川零余子編『大正最新一万句選』凡例・大正八年）。虚子が「雑詠」で対個人の選を行っていたのに対し、零余子は地方から寄せられる句会の選を「地方俳句界」で行っていた。言わば対組織の選である。ある意味で零余子の方が地方組織との深いパイプを構築できる立場にあったのである。「枯野」が「ホトトギス」に拮抗するまでの組織になるのに、時間はいらなかった。零余子は、苦学の末に東京帝国大学薬学専科を卒業した理系人間でもある。高浜虚子に「事務的の仕事を贍汁質的にやり遂げて行く」（『進むべき俳句の道』大正七年）と言わしめた、理系の事務処理能力の高さをも持ち合わせていたのである。

その情熱を見込んで編集部に招いたのは、虚子自身であるが、早くからその才能は警戒される存在になっていたようである。それは高浜虚子の『進むべき俳句の道』（前出）の「長谷川零余子」（「ホトトギス」大正五年五月初出）の零余子評でも窺える。「努力の人」「才華煥発と言ったやうな点は君に認めることは出来ない」「人々が自己の守りを忘れ他愛もなく打興じてゐる間に、君ひとり自己を開放することをしないで、瞬時も利害の打算を忘れずにゐるのではなからうかといふやうな疑惑を他人に起さす」「君は自ら自己を世間に薦めることに余り熱心であり過ぎる」「君は笑ふことの出来ない人」と言った言辞を差し挟んで論を進める中に、虚子の警戒心はほの見える。必ずしも高い推奨性を付与しないで注意深く論じているのだ。しかし、虚子に「君は笑ふことの出来ない人」と評された零余子も、飯田蛇笏は、ある句会の零余子の姿として「皆が笑ひ終つたあとで、その青年は、まだ名残り惜しく笑つた」（長谷川零余子と私「雲母」昭和四年）と書いている。実は、零余子は快活な性格であったことが分かる。

松本旭は、虚子の俳壇的な配慮について言及している。「高い学識、教養を有して俳壇世界への野心にもえているような若者をこの座（「ホトトギス」のスターの位置・林註）に押し出せば、このスターはいつしかその地位を活用して飛び立ってしまう。（略）自分の新王国をつくり上げてしまうのがこの世界の実情である」（『村上鬼城研究』）と指摘して、鬼城推奨の虚子に対して「『鬼城のような境遇でなければ深い俳句は詠めないのか』と虚子につっかかったという零余子」と紹介している。

もう一つ零余子の作風の問題があるようだ。虚子は零余子を「君の句は今まで紹介して来た諸君の句とは余程趣を異にしてゐる」「モデレートな句」「穏当な句」と評する。大正期の「ホトトギス」守旧派時代の「主情」を強く打ち出した作家たちの中にあって、零余子の作風はインパクトの弱い印象を与えていたのである。しかし一方、虚子は「或人が私に『零余子君の句が一番よくあなたの句に似てゐる』と言つたことがあつた。然り、私の句の一面には確かにさういふ傾向があるといふことを私も認める」（前出）とも書いている。師弟の問題をおいて、俳人の問題としてみれば、これが虚子にとって心地良い指摘であっただろうか。正岡子規門にあって、河東碧梧桐は「才華煥発」の俳人であり、虚子は「モデレート」な俳人であったことも思い合わされる。零余子の作風は、虚子の大正末から昭和に展開する「客観写生」の作風を先取りしていたように見える。俳句の価値観が、二人の間ですれ違ってしまっているようだ。あるいは、虚子が後追いしたようにも見える。

ともあれ、長谷川零余子は、あっという間に王国を築いて見せたのだから、虚子の警戒心は正しかったというべきであろう。その零余子は、昭和三年、四十二歳の若さで、急逝した。腸チフスであった。俳句普及のための山陰旅行から帰って発症したのであった。あっけない王国の終焉を迎えたのである。歴史にもしもはないが、零余子が病に斃れていなければ、昭和の俳句も俳壇も違った様相を呈していたに違いない。その幻の姿を見てみたい誘惑に駆られる。

＊

今回の紹介は、その長谷川零余子の初期活動の舞台となった「朝虹《あさにじ》」である。「朝虹」ついて『現代俳句辞典 第二版』（富士見書房・昭和63年）も『俳句辞典 近代』（桜楓社・昭和52年）も項目立てしていない。『日本近代文学大事典第五巻』（講談社・昭和52年）が項目を立て、次のような紹介をしている。以下に引く。

俳句雑誌。明治四〇・一〜四五・二。全五八冊。明治三八年、千葉県印旛《いんば》郡富里村の鈴木虎月が発刊し主宰した「若桜」は俳句雑誌というよりは純文学雑誌の性格を持っていた。同人には安藤姑洗子、本多冬城、泉天郎、富田零余子（のち長谷川零余子）らが参加した。発行所は同県印旛郡酒々井《しすい》町の虎月方、文学会。のち第三巻第一号（明四〇・一）より「朝虹」と改題して俳句雑誌となった。文学会も朝虹会となり、清宮紫虹（清三郎）が編集した。鈴木虎月は四四年八月、二四歳の若さで没した。富田零余子はのち長谷川姓となり、大正一〇年一〇月、俳誌「枯野」を創刊した俳人。ホトトギス作家原月舟は、明治四三年に「朝虹」の選者となったが、それは零余子の推薦であった。泉天郎はのち碧梧桐門下の作家として活躍、冬城も碧梧桐系の「高台」（大正四・一一創刊）の作家となり、姑洗子ものち「ぬかご」（「枯野」改題）を主宰した。地方俳誌としての「朝虹」の存在が注目される。

執筆者は伊沢元美氏。この記述からだと碧梧桐系の雑誌のようにも受け取れるが、執筆者が自由律系の俳句研究者である関係から、目がその方に利いた結果であろう。実際に手に取ると、雑誌の印象は大きく違っている。また、地方誌というよりは全国区の青年俳句誌の面影が強い。

「朝虹」は殆ど残っていない資料であった。公的機関での所蔵状況を調べてみると、俳句文学館十二冊、日本詩歌文学館十二冊、日本近代文学館四冊である。[*] これに加えて資料として確認できるものでは、『近代文学研究叢書29長谷川零余子』（昭和女子大学近代文学研究室編・昭和43年）二冊、『長谷川零余子』（中里麦外著・永田書房・平成元年）の年譜十四冊である。全五十八冊という全体像からすれば、僅かな資料状況である。

この「朝虹」四十四冊が、古書通信編集長の樽見博氏によって発掘された。樽見氏はこれを吉岡禪寺洞の資料と見て購入したと言う。確かに、ここには『定本吉岡禪寺洞句集』（三元社・昭和42年）に未収録の禪寺洞の若書きの七十三句が掲載されていたのである。しかし、この俳誌の最も中心的な俳人は長谷川零余子であるということで、林が借り受けて調査することとした。

この四十四冊と前述の資料状況を比較してみると、前述の資料該当号で、この四十四冊に含まれないのは次の三冊である。なお、「朝虹」は「若桜」を引き継いだ形をとっているので、第三巻第一号が創刊号となる。第四巻第六号（明治四十一年六月・俳句文学館蔵）、第六巻第四号（明治四十三年六月・日本詩歌文学館蔵）、第六巻第五号（明治四十三年七月・日本詩歌文学館蔵）。以下に右を除く樽見資料の欠号十一冊を挙げておく。第三巻第一号から第三巻第四号（明治四十年一月から四月）、第三巻第七号から第九号（明治四十年七月から九月）、第四巻第一号（明治四十一年一月）、第四巻第八号から第十号（明治四十一年八月から十月）。樽見資料四十四冊とこれに含まれない公的機関所蔵の三冊を加えると、四十七冊の「朝虹」が所在が判明していることになる。

以下ここで論じるのは、樽見資料「朝虹」四十四冊によるものである。

四十四冊のうち第四巻第四号（明治四十一年四月）に、零余子の掲載がないが、四十三冊にわたって零余子の俳句、文章等の掲載がある。俳句作品だけで実に一四〇七句を発表している。これが予想を超えて膨大な数字であることは、中里麦外が、判明している資料から「朝虹」「浮城」の掲載句数を百五十句以上（『長谷川零余子』）と推測していることでも判る。この活動期は零余子の第一句集『雑草』（枯野社・大正十三年）の作品収録期に該当するが、すべて句集に掲載されていない。初期の若書きとして、捨て去られたということになろう。明治四十年から四十五年は、零余子、二十一歳から二十六歳の時期である。この間、明治四十二年三月にかな女と結婚し、富田姓から長谷川姓に変わっている。

先に「朝虹」について、「地方誌」というよりは、全国区の青年誌というべき性格のものだろうと述べた。確かに薄く、毎号二十頁から四十頁以内の雑誌ではある。雑詠欄より目についた作者を一句引く。下の数字は巻数号数の略である。ほぼ初投稿に近いところから引いた。「朝虹」登場順とも言える。

雷や魔の淵近き木の茂り　石島雉子郎（3・6）
俳諧寺鹿一疋を飼ひにけり　吉岡禪寺洞（3・10）
野狐の魂燃ゆる曼珠沙華　長谷川かな女（4・11）
桃咲て夜の雨昼の曇りかな　大場白水郎（5・4、5）
水陣に流行る奇疫や秋の風　久米三汀（5・8）
管弦の座に日当るや浮寝鳥　原　月舟（6・1）
蛇眠る日かげかつらや山舘　安藤姑洗子（6・7）

目に付いた寄稿者の作品から一句引く。

数珠屋から母に別れて春日かな　渡辺水巴（7・3）
夜の市や葵花買ひゆく人の妻　飯田蛇笏（7・6）
寐て待てば月代したり我が榎　内藤鳴雪（7・8）

課題句の選者を外部に委嘱することがある。その中で目についた課題句選者。渡辺水巴（3・11）、石井露月（4・7）、塩谷鵜平（4・10）、岡本癖三酔（5・1）、中野三允（5・4、5）、青木月斗（6・3）、飯田蛇笏（7・10）。最初の巻号だけ示した。この中で最もかかわったのは渡辺水巴である。度々登場し、最後まで登場する。そういう意味では、「朝虹」に最も近い俳人だったのかもしれないが、詳細は不明である。

ともあれ、青年の志が誌面を作っている趣きで、野心的である。以下、長谷川零余子が、「朝虹」でどのような位置にいたのか、また「朝虹」がなぜ終熄したのか、号を追って見て行きたい。「朝虹」は鈴木虎月が主幹する雑誌である。しかし、鈴木虎月が、長谷川零余子に与えた特別な待遇が、虎月を追い込んでいったように見える。かつ、最後には不遇の死を遂げている。長谷川零余子にとっては、初期のこの上もない活躍の場であり、次への踏み台となったことは間違いないが、悲しい読了の思いが残るのは確かである。なぜ、虎月は、零余子の才能をかくまで愛したのか。複雑な思いである。

＊

・第三巻第五号（明治40年6月3日）20頁（表紙含む）

長谷川零余子　巻頭春雑吟37句
　干鱈の頭淋しき花の宿
鈴木虎月
「尚西田光陵君の尽力により、京都市に支部設立いたされ候段深く同君に奉謝候」（編集局より）
・第三巻第六号（明治40年6月23日）20頁
長谷川零余子　夏雑詠40句
　通り雨夜の蟬鳴く納所かな
鈴木虎月
「別項広告の通り次号より課題募集いたし候に付続々御投稿願上候」（編集便り）
・第三巻十号（明治40年10月20日）20頁
長谷川零余子　課題句選者「雷」「初秋」他
鈴木虎月
「小生の病気全快、わざわざ御見舞状下されし方へ略儀ながら本欄にて御礼申上候」（巻末録）
・第三巻第十一号（明治40年11月20日）20頁
長谷川零余子　課題句選者「秋鳥」他
鈴木虎月
「秋田県黒丸湖青君より金一圓寄附せられたり、謹んで感謝す」（巻末録）
・第三巻第十二号（明治40年12月20日）20頁

長谷川零余子　「虎の舎吟社五句集」報中に4句
鈴木虎月
「来たる新年号より大々的内容の刷新を行ふべし」（巻末録）
・第四巻第二号（明治41年2月25日）20頁
長谷川零余子　「虎の舎吟社五句集」報中に3句
鈴木虎月
「寒月に消しも置かざる焚火かな
炭焼男にもこんな時があると云ふことを御承知して貰ひたい」（巻末録）
・第四巻第三号（明治41年3月25日）20頁
長谷川零余子　雑吟巻頭（鈴木虎月選）10句
　雉子ないて杉につかへる塔淋し
課題句選者「寒念仏」「狼」
鈴木虎月
「先月埼玉の孤星兄より左の消息有之候」（祖父の死報）（巻末録）
・第四巻第四号（明治41年4月25日）20頁
長谷川零余子　掲載なし
鈴木虎月
「『各氏の書斎』を募る。簡単なるをよしとす」（巻末録）

＊『各氏の書斎』は同人の横顔紹介。
・第四巻第五号（明治41年5月25日）20頁
長谷川零余子　俳句雑吟巻頭（鈴木虎月選）7句
　花の山木樵に嫁ぐ女かな
鈴木虎月
「誌代の切手代用は一割増に換算いたし候」（巻末録）
・第四巻第七号（明治41年7月25日）20頁
長谷川零余子　夏雑吟巻頭（鈴木虎月選）8句
　葭切や利根の舟橋揺れやまず
鈴木虎月
「七月四日、零余子君が成田へ来られる。使を来寄して呉れたのですぐに宿の海老屋へ行く。同君の叔母さんも居られる。皆初対面である」（零余子君来）「松落葉」「奥の院」「百合」「印旛湖畔即興」で句会。零余子14句。
・第四巻第十一号（明治41年11月25日）20頁
長谷川零余子　同人句録4句「朝虹五句集」報中2句
鈴木虎月
「其後本会同人に又々御加盟者あり、左に発表いたし億候」（巻末録）十三名の名前を挙げている。虎月、零余子を含むので、ここで同人の全容を紹介していると思われる。他に石島雉子郎がいる。

・第四巻第十二号（明治41年12月25日）20頁
長谷川零余子　雑吟巻頭（鈴木虎月選）21句
芒野に風立つと見し地震かな
鈴木虎月
「前金切の後は如何なる事情ありとも発送せず候に付右御含みおき下されたく候」（巻末録）
・第五巻第一号（明治42年1月25日）24頁
長谷川零余子　「同人偶語」中に短文
鈴木虎月
「朝虹は常に経済の点に於て豊かならざる故にや（略）例の如き貧相なる体裁にて新年号且つ改巻号を出だし申候」（巻末録）
・第五巻第二号（明治42年2月25日）20頁
長谷川零余子　散文「句界散見」
鈴木虎月
「千葉医学専門学校の井田寒泉君外二君三里塚へ旅行の途次来訪」（巻末録）
・第五巻第三号（明治42年3月20日）20頁
長谷川零余子　「越ヶ谷俳句会五句集」報中1句
鈴木虎月
「小生この度補充教育召集に接し候に付第四号は他の同人により編輯発行せしむるつもりに候

が、或は休刊の止むなきに至るやも知れず」（巻末録）
・第五巻第四・五合併号（明治42年7月25日）36頁
長谷川零余子　雑吟巻頭（鈴木虎月選）42句
　晝鬼詩魔に参り合せし昼寝かな
批評文「国民俳壇」「春日句録」欄に4句
鈴木虎月
「石橋楼の前で零余子と暫らく押問答して居た。一緒に此の宿屋へ泊れと云ふ。花酔が待ってると気の毒だから帰ると云ふ」（補充兵日記「入営の前夜」）
・第五巻第六号（明治42年8月25日）22頁
長谷川零余子　雑詠巻頭（鈴木虎月選）37句
　雷やんで流し木に人墨打てり
批評文「国民俳壇（二）」
鈴木虎月
「八月七日　遂に自分の生れた家を塩をまいて掃き出された。かくて我世定まる。結婚は第一の墳墓なりと云ふことを悲まずには居られぬ。（略）生家と養家、三里をへだてて野つづきで百姓化して百姓となる、では流行の新題にもならぬが、百姓の子だつた僕は又百姓の子となつた。
　鍬だこを舅よろこぶ今朝の秋」（巻末録）
＊農家の次男であった鈴木虎月（新之輔）は、農家の婿に入ったのである。新姓は原田である。

これが大きな転機となった。
・第五巻第七号（明治42年9月25日）20頁
長谷川零余子　雑吟巻頭（鈴木虎月選）10句
　雁なくや汲み残したる舟のあか
批評文「国民俳壇（三）」　課題句選者「祭」「川狩」
零余子編「余花句屑」中19句「秋の海」東洋城句紹介
鈴木虎月
「本月は雑吟の出句数が非常に多かった。総句数五千余句その中百二十余句を載録した」（巻末録）
・第五巻第八号（明治42年10月25日）16頁
長谷川零余子　雑吟巻頭（鈴木虎月選）25句
　霧冷えに火を焚く宿の若葉かな
批評文「国民俳壇（四）」「朝虹五句集」報中1句
鈴木虎月
「本号紙数を減ぜしため次号にまはせし原稿沢山有之候」（巻末録）
・第五巻第九号（明治42年11月25日）16頁
長谷川零余子　雑吟巻頭（鈴木虎月選）19句
　雨の夜や一つはともす走馬燈
転載「選者吟一覧」中1句「祝句抄」中1句

俳人消息「妙義に遊ぶ」1句
鈴木虎月
「朝虹は余のある限り発行するつもりである。そのうちに立派な雑誌となることもあらう」（巻末録）
・第五巻第十号（明治42年12月20日）16頁
長谷川零余子　雑吟巻頭（鈴木虎月選）16句
潮汲みにまつはる犬や霧深し
転載「選者吟一覧」中2句「俳人消息」虎月宛書簡28句
鈴木虎月
「前書付俳句は今まで雑吟中より選抜したるものなるが、別に投稿するも差支なく得るに随つて掲載可致候」（巻末録）
・第五巻第十一号（明治43年1月20日）20頁
長谷川零余子　雑詠巻頭（鈴木虎月選）16句
元日の人となりたる衣冠かな
紀行文「六枚折（妙義紀行）」
課題句選者「若菜」選者吟1句
鈴木虎月
「過去二三年間の発行にかかる日本派俳句雑誌数百部譲り渡たし御希望の方は雑誌の名称及号

数等往復ハガキを以て御照会下されたく凡て原価の半額に候」（広告）
＊「朝虹」には様ざまな雑誌の広告を掲載している。これらの発行所と雑誌交換をしていたものと思われる。そのバックナンバーを半額で売却するというのである。同人の便をはかるというよりも、発行費の工面の意味が強いだろう。鈴木は少しずつ追い詰められているのだろう。
・第五巻第十二号（明治43年2月20日）20頁
長谷川零余子　雑詠二席（鈴木虎月選）10句

雪 晴 の 山 河 広 さ よ 鳶 ほ ろ ろ

紀行文「六枚折（妙義紀行）」続
批評文「ホトトギス二月号を読む」
随筆「浅見孤星君へ」
鈴木虎月
「次号は改巻号なれば多少活動すべく目下英気を養ひつつあり」（巻末録）
＊雑吟、雑詠と名の変更はあるが、このメインコラムで、零余子は句を投じた場合全て巻頭をとってきた。しかも、多量の句数で他を圧倒している。この号で初めて、二席となった（巻頭と選句数は同じ）。それにしても、虎月の零余子偏重はあまりにも強い。散文などの採用も零余子のものが増えてきている。
・第六巻第一号（明治43年3月20日）22頁
長谷川零余子　雑詠巻頭（鈴木虎月選）12句

枯原に縄よる臺を据ゑにけり
創作「一夜」 批評文「朝虹前号を評す」
課題句選者「雉子」選者吟2句 「啄木亭偶会」報中1句
鈴木虎月
「爾後旧姓鈴木を廃し原田と改姓致候 三月五日」（広告）
・第六巻第二号（明治43年4月20日）28頁
長谷川零余子 雑詠巻頭（原田虎月選）19句
或時は岬を越ゆる千鳥かな
批評文「朝虹三月号を評す」「啄木亭偶会」報中1句
原田虎月
『俳人略伝（六）富田零余子氏』で、零余子を「無職業」「国民俳壇に死力奮闘する耳」と紹介。
・第六巻第三号（明治43年5月20日）28頁
長谷川零余子 雑詠巻頭（原田虎月選）26句
爛々と花に燭しぬ小弓引
創作「家」 特別作品「鎌倉まで」25句
批評文「朝虹四月号を評す」
課題句「接木」（花酔選）2句
課題句選者「雲雀」選者吟1句 「虎の舎小集」報中1句

原田虎月
「次号より俳句雑誌評を掲載いたし候」（巻末録）
＊雑誌の頁数が増え、雑誌の充実期に入ったとも言える。その一方、これは零余子の投稿、掲載が増えてきていることとも無関係ではないだろう。虎月には零余子の投稿に歯止めをかけることができないように見える。農家の入婿「原田姓」の虎月、「無職業」の零余子である。
・第六巻第六号（明治43年8月20日）40頁
長谷川零余子雑詠巻頭（原田虎月選）23句
離 愁 又 雨 に い た め る 葵 か な
紀行文「川崎へ」　自選句「をりをり句屑」26句「思ひ出草（一）」4句「秋出水」10句　「裏面俳壇」
選者
原田虎月
「吾等は俳壇の為には飽くまで死力をつくすものに候」（巻末録）
・第六巻第七号（明治43年9月20日）40頁
長谷川零余子　雑詠（長谷川零余子代選）選者吟12句
鴨 足 草 雨 に 濁 ら ぬ 泉 か な
往復書簡「海と山」（瓜鯖と）　批評文「独り言」
競作「秋六題」中5句　「裏面俳壇」　選者
報告記「秋風」12句　その他句会報四件中4句

原田虎月
「先月二十四日小生は一人の女児の親となりて喜び居り候處越えて本月四日荊妻儀突然脳脊髄膜炎を起して死去いたし候為混雑甚しく恰も会葬に御出ありし零余子君に雑詠の選を依頼しいとどしく秋風の身に沁む七日が間に喪に籠り居り候」（巻末録）
＊虎月は産後の肥立ちが悪かった妻を失った。零余子「秋風」はその会葬記である。別に花酔の「されどあぁされど」がこの間の消息を伝えている。虎月は突然の悲劇に襲われたのである。
・第六巻第八号（明治43年10月20日）36頁
長谷川零余子　雑詠（長谷川零余子代選）選者吟16句
　天の川湯壺に人の暗さかな
紀行文「武蔵野の秋」61句「秋の一日　百華園へ」46句
「二季六題」中3句　句会報など三件中5句
「裏面俳壇」選者
原田虎月
「蒸し暑い夏の夜、寒い冬の夜、妻は能く朝虹の編輯を手伝った。」（手向け草）
＊零余子は雑詠選の外、紀行文中の形で百句を超える句を発表している。零余子に歯止めがきかない虎月を危ぶんだが、妻の死で、虎月の編輯がままならない間に更に零余子の雑誌化が進んでしまっているように見える。
・第六巻第九号（明治43年11月20日）34頁

長谷川零余子　雑詠巻頭（原田虎月選）12句

朝　霧　の　息　吹　失　ふ　戸　口　か　な

紀行文「高尾山へ」16句　「秋六題」中14句

「裏面俳壇」選者自選1句

原田虎月

「朝虹は零余子の雑誌だと云ふ人があつた。又零余子の統御する雑誌であると云ふ人もあつた。いづれも大なる誤解である」「そこで色々其説の出た所を探究して見ると朝虹誌上には、いつも零余子の作が大半を占めて居たり、又零余子の事が云々せられてあつたりするのが、それを嫉視する人が、虎月は零余子のために使はれて居るのだと云ふことになつたらしい」（一頁半録）

＊ここまで見てくれれば、出るべくして出た批判と言える。虎月は「朝虹は一俳人の自由になる雑誌ではない」「現在僕一人で編輯して居るけれど謂はば多数の読者から経営者たることを頼まれて居るやうなものだ」と反論している。体制はそうかもしれないが、零余子の存在が虎月を超えてしまって、虎月には処理しきれなくなっていることに自覚がないのだ。圧倒的な数の零余子の巻頭句が他の作家のレベルを圧倒していれば、このようには言われないだろうが、どうみても緩い句が多数をしめているのも事実である。大場白水郎など優れた作家が殆ど一句組で終わっている。吉岡禪寺洞も初期に一回巻頭をとった切りである。後の有力作家が投稿を止めてゆくのが雑誌を通して感じられる。どうみても「多数の読者」の付託を果たしているようには見えないからの批判である。これでは読者離れが起きても不思議はない。虎月には、高浜虚子の「選は創作」

というような視点が決定的に欠けているのである。
・第六巻第十号（明治43年12月20日）34頁
長谷川零余子　雑詠出句なし　自選句「月」16句

茶屋を出で茶屋に帰るや橋の月

「裏面俳壇」選者自選5句
原田虎月
「霜枯れの一ト日、千葉病院に入院中の病児を見廻りに行くべく、早朝家を立ち出でぬ」（病院行き）
「零余子君先月限り朝虹同人を辞退致し候」（巻末録）
＊残された女児は病気で入院している。また、零余子が同人を辞退した。辞退理由を零余子は、病気としているが、このタイミングでの辞退は、前号の虎月の文によって自らの位置を知ったためと考えた方がよいだろう。朝虹との関係は完全に切らぬとも添えているのだが。
・第六巻第十一号（明治44年1月20日）36頁
長谷川零余子　自選「新年五句」5句
「書簡三編」中12句

雪の寺へ下りざる崖の牡鹿かな

「裏面俳壇」（姑洗子選）中6句
原田虎月

「本月号の編輯は在来の型より多少改め中候」（巻末録）
・第六巻第十二号（明治44年2月20日）36頁
長谷川零余子　紀行文「樹々の雪と舟の雪」36句
　裏口はすぐに池なる深雪かな
　句会報等五件11句
原田虎月
「春夜毎に夢に見せよと祈りけり」（亡き子の墓へ）
＊同人を辞した零余子だが、雑詠投稿こそ止めたが、寄稿するという点では変わらない。むしろ、零余子にフリーハンドの自由を与えてしまったようにも見える。虎月が女児を失ったことは告知されていないが、追悼句でそれを知ることができる。妻を失い、子を失った虎月に婚家での居場所は残されているのだろうか。
・第七巻第一号（明治44年3月20日）40頁
長谷川零余子　自選「秋冬句屑」１００句
　朝露や草の香深き生姜船
　句会報等三件４句
原田虎月
「予は自分の職業の余暇の全部を挙げて雑誌の編輯に従事して居るのである。それで雑誌の会計はどうであるかと云へば毎月必ず数圓の欠算を来すのである」（巻末録）

・第七巻第二号（明治44年4月20日）34頁
長谷川零余子　「裏面俳壇」（姑洗子選）中4句
原田虎月
「小生儀来五月一日より三週間野砲兵第十四聯隊召集を命ぜられ候に付甚だ残念ながら来月一回だけ朝虹を休刊致候間不悪御諒承被下度此段謹告仕候」（謹告）
・第七巻第三号（明治44年6月20日）38頁
長谷川零余子　雑詠選者（長谷川零余子代選）選者吟22句
明 易 き 星 の 中 に も 地 球 か な
句会報等三件6句
原田虎月
「三週間の演習召集も無事勤務仕り先月二十二日帰宅致候」（巻末録）
・第七巻第四号（明治44年7月20日）36頁
長谷川零余子　雑詠選者（長谷川零余子代選）選者吟20句
大 利 根 の 北 ま で 馬 車 や 桐 の 花
課題句など二件15句
原田虎月
「此頃印刷所多忙にて期日に出来上らず閉口致候」（巻末録）
・第七巻第五号（明治44年8月20日）36頁

長谷川零余子　雑詠選者　選者吟49句

自選句「海と山」55句　競作「夏と秋」5句

沢 蟹 や 山 吹 の 清 水 澄 め ば 飲 む

紀行文「薫風」　随筆「絵葉書より（一）」

原田虎月

「今後雑詠選は零余子君に依頼することとした」（巻末録）

＊虎月の召集が切っ掛けの零余子代選の雑詠であったが、それが選者交替へと繋がってしまった。名実ともに零余子の雑誌と言えるようになった。零余子の投稿が減ったのは一時的なことで、また元に復してしまった。いや、元という以上に零余子の好きにできる雑誌に変わったというべきかもしれない。同人を辞した零余子は経済的な負担も軽いものになっているかもしれない。

・第七巻第六号（明治44年9月20日）36頁

長谷川零余子　雑詠選者　選者吟24句

創作「配所の三唫」　自選句「残暑の三日」37句

三 日 月 や 門 の 中 ま で 野 の 径

句会報等二件2句

原田虎月

「夏季休暇中零余子宅に四泊作句もし謡も聞き申候。其時雑誌経営困難の話もあり御同情に不堪候（大塚吾柳）」（巻末録）にて紹介の書簡

・第七巻第七号（明治44年10月20日）38頁
長谷川零余子　雑詠選者　選者吟16句
評論「七部集猿簑講義（一）」
評論『鳥羽の文臺』の伝来と芭蕉と去来」
自選句「故郷の秋」13句
冷かや磧へ下りる石の坂
「裏面俳壇」等二件5句
原田虎月
「朝虹に就ても種々御注意下さる向有之感謝に不堪候」（巻末録）
・第七巻第八号（明治44年11月20日）36頁
長谷川零余子　雑詠選者
競作「秋十六題」40句
赤蜻蛉稲田へ水錆びまさり
原田虎月
「前号印刷を急ぎし為め誤植頗る多し、寄稿家諸氏に申訳無之候」（巻末録）
・第七巻第九号（明治44年12月20日）36頁
長谷川零余子　自選句「近詠」10句
愁ふれば燈籠の繪に螢かな

評論「七部集猿簑講義（二）」
競作「冬十三題」38句　「裏面俳壇」中2句
原田虎月
「雑詠は今後小生専ら其選にあたる」（雑詠末記）
「本月九日磐城國の半谷絹村君来訪」「親交甚だ厚きも相見るは初めて」「絹村君も一緒に印刷所へ行つて話して呉れた」（巻末録）
＊理由は示されていないが、今号からまた雑詠選を虎月が担当することとなった。前号に書かれた種々の注意と関係あるかもしれない。ここしばらく誌面の上で虎月はまったく影の薄い存在になってしまっていたからである。また、遅刊が恒常化していたようだ。見かねた絹村が助け船を出すべく来訪している。印刷所の多忙と書いているが、印刷代が滞っていて、仕事を後回しにされている結果なのである。
・第七巻第十号（明治45年1月20日）36頁
長谷川零余子　自選句「近詠」6句「続海と山」44句
　木蓮のつたなく枯れて大樹かな
零余子選「朝虹中央俳欄」中21句「賀状より」中1句
原田虎月
「新春を迎へると共に辟頭本年に於てこそ大に成す所あらんことを自ら誓ふ」（巻末録）
・第七巻第十一号（明治45年2月20日）36頁

長谷川零余子　自選句「近詠」10句

雪解けに尚雪舟通ふ深山哉

課題句選者「梅」選者吟5句

原田虎月

「つまらぬ句を載せる様では雑誌の存在を疑はれる。雑誌へ載る以上千古に伝うべき名吟でありたい。僕は常にさう希望して居る」（巻末録）

＊当号が終刊号となっている。どこにも終刊を知らせるものはない。ただ手元の資料には旧蔵者の赤字で「終刊号」と書き込まれている。先の伊沢元美氏の記述とも符合するので、間違いないだろう。突然、終刊を迎えたのである。虎月の最後の言葉が悲しく響く。

＊

原田虎月の消息について、酒々井《しすい》町の広報紙「広報ニューシスイ」が知らせてくれている。「酒々井町の文学」として相京晴次氏が連載している（昭和55年5月5日から56年12月5日まで20回）。その中の記述を借りて、締めくくりたい。なお、ここでは、「朝虹《あさにじ》」の読みは「朝虹《ちょうこう》」が正しいとの指摘や、長谷川零余子と「朝虹」との関わりは、清宮清三郎（発行人名義）の弟登が正則英学校で同窓生となったのが縁であったとの貴重な証言も紹介されている。また、「朝虹」の刷部数を二百部程度と推測している。

虎月は明治二十一年五月二十三日、富里村大和一二九番地で、鈴木寅松の次男として誕生。中流の農家で、病弱の虎月は文学に親しんで育った。明治十九年生まれの零余子の二歳年下ということになる。「朝虹」創刊時は、まだ十九歳の誕生日を迎える前であった。明治四十二年八月七日、原田家に婿養子に入る。虎月二十一歳、妻はる女は一歳上の二十二歳であった。原田家は、中流農家ながら、質屋、小作貸し付けもしており経済的には恵まれていた。明治四十三年八月、長女かなが誕生するも、産後の肥立ちが悪く翌月九月妻を失う。更に四月後の翌年正月に長女かなを失った。「婿養子という複雑な環境の中で、二重の苦しみを克服して朝虹の発刊に全力を傾けた虎月」と評している。その後、虎月は、明治四十四年十一月十日に、はる女の妹その女と結婚したという。その女は姉の五歳下の十九歳であったという。また、佐倉税務署に勤務を始めたともいう。

虎月の死は次のように言う。明治四十五年二月二十六日、「成田、多胡間を走っていた軽便鉄道で奇禍に遭い、佐倉町、浜野病院で死亡」と。「場所は成田山裏の土屋地区で軌道を歩いていて汽車に触れた」と言う。証言者は「それ以上の詳しいことは判りませんでした」とも。もちろん、それ以上は言えないと言うべきであろうか。虎月は二十三歳の若さであった。先の伊沢元美氏の虎月の死の年月、年齢の記述は間違っている。

＊雑誌掲載後、若き研究者から「朝虹」が天理大学附属図書館にも所蔵されている旨のご連絡をいただき、欠号の少ない一揃いであることを教えられた。
＊＊なお、当該資料は、櫓見博氏の意向により土屋文明記念文学館に寄贈された。

些細な事柄――『癖三酔句集』

岡本癖三酔の『癖三酔句集』は、明治四十年六月七日に、俳書堂から刊行された。いまでは古書価格の高い稀覯本と言える。これには高浜虚子と中野三允の二つの序文が付されている。序文をたくさん読んできた訳ではないが、読んだ中では一番緊張感に満ちた忘れがたい序文である。虚子序を引いてみる。

去年の夏であつたか、俳書堂主人から、癖三酔の句集が出る事になつたといふ話を聞いた時、予は鳥渡考へた。今迄の俳句界の習慣が、新体詩や和歌や其他の多くの文学と違つて、生前にさう軽々しく句集といふものを出さぬ事になつて居る。獺祭書屋俳句帖抄も、子規の病が余程重くなつて後に病床の慰藉として作つたといふ位に過ぎぬ、其後青々が、妻木を出した時にも兎角の世評があつた次第である。生前に句集を出版するに就いての可否論となれば其處に種々の異つた議論が成立する、併し其議論は一切取除けて単に俳句界の習慣から見て癖三酔句集を出すといふとは鳥渡目立つた事柄である。癖三酔は青々に比ぶれば未だ年もよけいに若い前途多望の俳人だ。其れが句集出版といふやうな、些細な事柄の為めに世間から誤解を招くやうな事があつては、癖三酔の為に不利益なとと《ママ》考へたから、余は無遠慮ながらも癖三酔に手紙をやつて句集出版だけは暫く見合したらどふかと云つてやつた。癖三酔は直ちに余が言を容れてくれて其ことを見合した、それから殆ど一年もたつた今年の春、不圖俳書堂楼上で主人と雑談をして居る序に斯う云ふ事を聞いた、癖三酔句集を編む時に其句稿は皆反故にしてしまつて、句集に止めた句だけ今尚俳書堂主人の手許に残つて居る、癖三酔は最う自分の方にどうする斯うすると云ふ考はないから、俳書堂主人の方でどうでも勝手にしてくれといふ事になつて、尚其ままになつて居るとの話であつた。其れからも一つ其話に関聯して余は句集出版中止後何となく心にかかつて居つた事を思ひ出した。其れは癖三酔が其後余り熱心に俳句を作らぬやうになつた事である、若し楽み半分に句集を出して見やうと思つたのを、止めた為めに何となくいや気がさして、俳句を作る興味も少くなつたのではあるまいか。そんな事であつたならば申訳のない事だと、ひそかに憂慮して居た。其処で不圖又余は考が変つた、句集出版といふ事に重きを置いて考へれば際限もなく重大なる感がある。併し反対に些細な事として考て見れば、又些細な事にも考へられる。もとより癖三酔が句集を出すと云ふ考は些細な方の考に基づいたに相違ない、また余ももとより然かあるべきとは考へた、唯其些細な事の為に兎角の世評を招くのが癖三酔の為めに不利益と考へただけの事であつた。若し癖三酔にして楽み半分に出す位の考であるならば、仮令世評は如何あらうとも癖三酔自身にとつて別にやましい處はない訳だ、其れが癖三酔の為に子供らしい楽みになつて俳句を作る上の一誘因ともなるならば、敢てやかま

しく云つて止め立てする程の事でもなかつたらう。（略）〈註・一部句点を補う〉

この後も同趣のことが繰り返されるが、今は引用を止めておく。虚子の粘着質な文体が利いた文章だ。ここで虚子が行おうとしていることを整理してみる。

1　俳句界は、新体詩や和歌などと違って、個人の作品集（句集）は出さない慣習である。

2　したがって、正岡子規の個人句集『獺祭書屋俳句帖抄』も、病重い子規の慰藉のために作ったに過ぎないもので、本格的な個人句集とは言えないものである。

3　また、松瀬青々が個人句集『妻木』を刊行したが、概ね世評は否定的なものであった。

4　『癖三酔句集』は、前者に照らして作品を世に問うような重大な出版であってはならず、楽しみ半分の子供らしい些細な事柄の範囲の出版として許されるものである。

個人句集三冊の存在意義を、婉曲ながら全て矮小化するための文章として見事である。そもそも、『癖三酔句集』が、些細な楽しみのための出版であったならば、虚子の序を求めたりはしないだろう。そのことを虚子は充分知っているはずである。この序を求めたのは出版元の俳書堂主人・籾山梓月（仁三郎）である。そもそも『癖三酔句集』は俳書堂の企画出版であって、癖三酔の自費出版ではない。俳書堂としては、売るために虚子序を望んだのであるが、当て外れの序文を賜ったのである。それで中野三允の序を追加で必要とするようになった。虚子序の日付は「明治四十年五月一日。俳書堂楼上にて」となっているが、中野三允の日付は「明治四十年五月二日。俳書堂楼上にて」となっている。虚子の翌日である。依頼した以上虚子の序は外せない。そこで急遽の反駁が必要となったのである。次にその一部を引いてみる。

元来句集の出版といふ事に就ては、われわれ同人は頗る慎重の態度を執つて居る。で、たまたま一人の句集が出版されると、之に対する批評が諸方に起こる。僕は此等の真面目なる批評を歓迎するに於て、敢て自づから人後に落ちざるを確信する者である。併しながら僕は、彼の概括的に所謂「自家句集出版」其のものを排斥する説に雷同を敢てする見識がない。露骨に云へば著者の心情が只管に名を売り、若しくは財を得んとする等にあるとすれば、無論唾棄せねばならぬが、何年から何年までに作り棄てた句が、圖らずも一巻に纏つたからして之を世に公表し、巻中の句に就て識者の是正を請ふとなす類ひならば、誠に罪がない話で、寧ろ研究の一端ともなり、また何等嫌悪の情が起らぬ。（略）随分世間には得手勝手な人物が居て、俳句の評釈であるとか、俳句に関する随筆であるとか、若くは俳文俳論などの著作を出版して居ながら、句集となると妙に改まる。成程句集とそれ等のものとは多少の相違もあらう。併しながら自己を重んずるといふ點彼等の筆法から云へば、即ち同一でなければならない。

更に僕の一言せねばならぬのは、「自家句集出版」を排斥する徒にして、多人数の句を選び集めて出版する心持が分らぬことである。そもそも自分の今日まで作り棄てた句を、自分自づから選ぶのと、他人の作り棄てた句を自分が選ぶのと、所謂選句の標準に至ては、多少自分の句には自惚れが加はるとはいふものの、まづ大差のあるべき筈がない。而かも自分の句に就いては、世間の毀誉に顧みて、出版を躊躇し、他人の句に敢て之を選んで発表する。すれば、或る意味に於て、自分は将来に恥を貽すのはいやだから、句集を出版せぬが、他人の句ならば構はぬといふことになるのだ。「自家句集」は「一人の句集」であるが、「多人数の句集」は、即ち「一人の句集」の集合である。「自家句集」を出版する勇気のない人物が「多人数の句集」を編纂する勇気があるとは不思議に堪へぬ。恰かも是れ自殺する気の勇ない人間が、他殺を意とせぬといふ批難を与へねばならぬ甚だ虫のよい話で俳諧刑法論から見ると、其罪まさに断罪に値するのである。尤もかかる場合には選者其の人の句も混へてあるから刑一等を減ずるもよい、要するに「自家句集」を発表し大方の是正を請て更に研鑽の資に供するといふ、徹頭徹尾研究的態度を執て著作を刊行するに於て、何人か之を批難する者があらう。但し僕は「自家句集」出版を批難する者に向て是非とも句集を出版せよとは勧めぬ。公表するとせぬとは、各自の勝手である、軽率にも自己の心情を以て他人の心情を忖度し云為する批評家に口を襟《ママ》ませれば足りるのである。（略）〈註・一部句点を補う〉

名指しこそないが、ここまで激しい三允の虚子批判の文章が併載されるとは虚子も思わなかったであろう。実は虚子の序の後略部分には癖三酔の人格攻撃とも取れる激しさがあるので、それに呼応する形で、三允の口調も激しいものになったのだろう。この三允の序もまた籾山梓月には想像を超える激しさだったのではあるまいか。

なぜ梓月は癖三酔の句集を企画したのだろうか。また、それがなぜ虚子の不興を買ったのだろうか。そして三允はなぜここまで反駁できたのだろうか。

虚子は俳句界では個人句集の出版を慎む習慣になっていると錦の御旗を掲げているけれども、その根底に傷つけられたプライドと、癖三酔への妬心があったと推測するのは難しいことではない。そこを見透かしたから三允はわざわざ「僕は『自家句集』出版を批難する者に向て是非とも句集を出版せよとは勧めぬ」と書いたのだろう。批判者の今後の個人句集出版を封印する狙いがあったと思われる。しかし、虚子の不興は故あることでもある。最初に句集の話を持って行くべきは虚子だったろう。虚子にもその自負があったろう。しかし、なぜ虚子でなかったのか。この時期の虚子は小説に近づき、俳句から遠ざかっていたからではないか。外目には句集出版という適期に虚子はいなかったというべきだろう。梓月の判断と虚子の思いに微妙なボタンの掛け違いのようなものが生まれたのではないか。

ではなぜ癖三酔か。一つは癖三酔と梓月の近しさがあるだろう。共に慶応大学に学び、三田俳句会を起こした仲間である。もう一つは、それゆえに癖三酔の句の魅力に気がついたということだろう。そもそも『癖三酔句集』は梓月が癖三酔の句を手記し出版を薦めたものである。

前述1の虚子にあるように、新体詩、短歌のジャンルでは個人の作品集を纏めることが行われていた。明治四十年以前の状況を確認する。新体詩の主なものでは、湯浅半月『十二の石塚』(明治十八年)、北村透谷『楚囚之詩』(明治二十二年)『蓬莱曲』(明治二十四年)、島崎藤村『若菜集』(明治三十年)『夏草』(明治三十一年)、土井晩翠『天地有情』(明治三十二年)、薄田泣菫『暮笛集』(明治三十二年)、横瀬夜雨『夕月』(明治三十二年)、河井酔茗『無弦弓』(明治三十四年)、石川啄木『あこがれ』(明治三十八年)、伊良子清白『孔雀船』(明治三十九年)などがある。短歌では与謝野鉄幹『東西南北』(明治二十九年・新体詩を含む)、与謝野晶子『みだれ髪』(明治三十四年)、佐佐木信綱『思草』(明治三十六年)、金子薫園『伶人』(明治三十九年)などがある。ひとり俳句のみが出遅れている感がする。

虚子がわざわざ1のように言及したのは、早晩俳句にも個人句集の出版の波が及ぶことが想定されていたからでもあろう。そしてまた、梓月が癖三酔に白羽の矢を立てたのは、出版人としてこの潮流を鑑みてのことでもあったろう。青春俳句の系譜があるとすれば、癖三酔はその始原に位置するかもしれない。明治の青年達の俳句は一見では年齢不詳の作風が多い。その中で癖三酔の句には若者の匂いがする。もちろん、無自覚だったかもしれないが、言葉に新鮮さが感じられる。新体詩や短歌の潮流を考えれば、俳句として提示するのに相応しい作風であったのではないか。

十反帆濱に敷き縫ふ春日かな
花大根旅の春の夜明けにけり
山焼く火鞍馬の杉の夜見ゆる
種ひたす幾日に李散り尽きぬ
桑摘のうしろ晴れたり川行く帆
踏青や九曲し去る桃の水
桃色の布巾かけたり蓬餅
弓会の幕に風吹く春野かな

地の花を天に告げ來の雲雀かな
干潟より都は遠き桜かな
夜あるきや梨の畠の花明り
草萌やバケツの中の牛の乳
草の原どこまでも飛ぶ夏帽子
扇売合歓の木下に美男かな
山桃の赤らみにけり夏の雲
柿の花窓近き機女のぞかるる
雨後の里頻りに百合の匂ひけり
藻の花の淋しき恋にさすらひぬ
風晴れの月の海見ゆ夏の草

いま春・夏の部から引いた。その青春の香りの句群の密度を知ってもらうためである。なお、この句集を俳誌「アラレ」の叢書だとする記述が散見されるが、句集には一切そのような表記はない。三允の序の中に「アラレ」誌上に掲載する案もあったとの記述はあるが、俳書堂の『鳴雪句集』(明治四十二年)の巻末広告には特段そのような記述はない。恐らく後付された分類、記述と思われる。

三允の虚子への反駁が可能だったのには、当然それぞれの人間関係が拘わってくるだろう。基本的に、虚子、癖三酔、梓月、三允は、正岡子規の同門である。長幼、遅速の違いはあれども、子規門の括りで言えばフラットな関係である。虚子統制下の俳誌「ホトトギス」像は大正期に入って実現するのであり、この頃の「ホトトギス」の誌面は自由な空気がある。三允には「アラレ」という拠り所があることもあろうが、こうした自由な物言いの空気が反映しているだろう。もちろん、虚子に於いてもである。加えて彼等は青年である。虚子（明治七年）、癖三酔（明治十一年）、梓月（明治十一年）、三允（明治十二年）の生まれで、明治四十年の時点で、虚子三十三歳、癖三酔二十九歳、梓月二十九歳、三允二十八歳である。今日から見れば驚くほどの若さで、青年の覇気がぶつかりあって不思議はない。明治三十六年九月の子規逝去から三年半しか経っていないのだ。

前述2の『獺祭書屋俳句帖抄』は、果たして子規の慰藉の出版なのであろうか。正確には書名に「上巻」が付されている。しかし、下巻は刊行されていない。明治三十五年四月十五日に俳書堂と文淵堂の連名で刊行されている。子規逝去一年半前である。俳書堂は明治三十八年に虚子から梓月に譲渡（『現代俳句大辞典』明治書院）されているので、これは虚子時代の俳書堂である。不思議な奥付で「編輯兼発行者」に高濱清（虚子）の名はあるが、著者正岡子規の名前はない。「子規」名の三十頁に及ぶ長い自序「獺祭書屋俳句帖抄上巻を出版するに就きて思ひつきたる所をいふ」があり、目次の後にタイトルと「獺祭書屋主人著」とあるだけである。虚子編とする書誌を散見するが、それはこの奥付を根拠としているのだろう。しかし、これだと虚子の選句編輯でなったという印象である。しかし、『癖三酔句集』の巻末には「正岡子規自選句集」と銘打って『獺祭書屋俳句帖抄』の二版の広告が載っている。書誌にない「自選」という言葉を使っているのは、既に子規の遺稿が第七篇まで刊行されており、その中に『子規句集』題の巻も含まれるので、敢えて差別化して売るためのものであったかとも思われる。ともあれ自選句集と認知されていたと知れる。これから推せば、下巻が発行されなかったのは、子規の自選がかなわなかったからだと思われる。刊行の上巻は明治二十五年から二十九年までの作品を載せる。下巻は三十年以降の作品の構想であったろう。

子規自序を覗くと、虚子が言うのと同じように「自家句集」出版を戒める言葉で始められている。しかし、文章の過半は俳句選出の明治二十九年までの、自身と俳句との関わりを自省的に述べる俳句自伝というべきものである。その中で、「自家句集」に否定的な子規が句集を出版する所以を「自分の病気はだんだん募る、身躰の衰弱と共に精神の衰弱も増して来て去年以来は俳句を作ることも全く絶えてしまうてをる。そんなことからさきに少しも望みのない身の上となつて従て自分の俳句はこれ迄で既に結了してをるやうな考から、それならば昔の苦吟の形見を一冊に纏めて見たらばどんなものになるであらうか、といふやうな考へが出て来て句集でも拵えて見たいといふことになつたのかも知れない」と言う。言わば生きながらにして生涯一冊の家集を纏める条件下にあるという認識である。しかし一方「今日句集を選ぶ心持は前年向ふ意気の強かつた時に天晴古今第一等の句集ぞといはれるやうなものを出して見たいと思ふてゐたのとは雲泥の違ひがある。今は唯病床の慰みの為に自分一個の為に多くとも十数の俳友に見せる位な心持で選んでをるのである。なかなか古人を凌がうなどといふ大胆不敵な野心は持つてゐない」とも書いている。

これは主には装丁に拘わっての文脈でもあった。虚子はこの後者の言を踏まえて述べているのであろう。しかし、子規の本心は前者にあろう。後者には「併しながら慰みに出したからといつて責任を逃るるわけには行かぬ。芭蕉に叱かられても蕪村に笑はれてももとより一言の申訳もない」と書き添えている。これは芭蕉や蕪村に比肩される望みの婉曲表現のように見える。ここでの子規の筆は、自己推薦を自己否定的な評価に包み込むように進む。それは最後に「明治三十五年一月三十日某々等筆記し了る」と記されているように口述筆記であり、複数の人に語る事で成立したものであるために、直接筆に下ろすよりは、自己肯定と自己否定の陰影を強くしたのではないかと推測する。ともあれ、この句集の本質は、子規の心を尽くした自選句集と見るべきものであろう。ちなみに、川本皓嗣『俳諧の詩学』(岩波書店)の「新切字論」において、『菟玖波集 下』からはじめた切字の諸相の調査テキストの最後をこの句集で結んでいる。「これは一九〇二年に、子規が一八九二年から九六年までの自作のなかから、見るべき句を抄出したものである」「子規自身の意向、俳句観をじかに反映している」というのがテキスト選出の理由である。これに従って、近代の最初の自選個人句集として再評価してしかるべきではないか。

3の松瀬青々の『妻木』は四分冊で、明治三十七年十一月に「冬」(春俎堂)、「新年・春」明治三十八年四月(春俎堂・宝船発行所併記・以下同)、「夏」明治三十八年七月、「秋」明治三十九年一月に刊行されている。「個人句集として最初のもの」(『日本近代文学大事典』松井幸子執筆)ともされている。三四四七句を収録した大部のもので、その多彩さは一人大歳時記の趣である。青々は明治二年生まれの子規門である。最初の「冬」刊行時は三十五歳である。明治三十二年十月、

「ホトトギス」編集に携わるが、わずか半年後の翌五月には帰阪して、明治三十四年には「宝船」を創刊主宰し一国一城の主となっている。「ホトトギス」を去り子規没後ともなって、虚子の影響圏外で個人句集を刊行できる環境になったのだ。それが虚子評の不興に反映しているだろう。四巻を通して最初の「冬」巻に一頁の自序があり、最後の「秋」巻末に「正誤」と「題註」を付すシンプルさである。自序に「自家の句を編して世に公にすること古来人の殆ど為さざる所」といいながら、「唯我句を一冊に集めて我見たき許り」と書いている。個人句集の世評のハードルの高さを自覚して、まだその野心のなさを表明せざるをえない状況にあったことが窺われる。もちろん、これだけ大部の句集を出版するのに野心がなかったはずはない。それが見えるからの虚子の批判でもあろう。これは子規の『獺祭書屋俳句帖抄』自序のパターンを踏まえたと言える。このように断りながら、禁断の扉を開けてゆくのが方法化されたと思える。実際に松井評のように「最初の個人句集」の位置づけを得ている。

では『癖三酔句集』以後の刊行はどうだったのであろうか。なんと次に続くのは、明治四十一年二月刊行の高浜虚子の『稿本虚子句集』である。『癖三酔句集』刊行から僅か八ヶ月後である。あの虚子の主張は何だったのであろうか。また、先読みした三允の封印を、虚子はどのように解いたのであろうか。その巧みな方法が自序に見える。

俳書堂主人より、今度俳書堂から「俳書堂文庫」といふ手習草紙程度の叢書を出す。菊判半截七八十頁前後のものにて先づ主人公自ら「連句入門」といふ本を書いてお手本を示し、自重して書かぬ人々の為めに思ひ切つて筆を取らす端緒を開かん所存、余にも其二冊目に何をか差出すべしとの事也。乃ち此原稿を差出す。此原稿は三四年前今村一聲翁初めて拙宅に見えし時御土産代りに御持参ありしもの也。余は謹で頂戴し、實はろくに開けても見ず篋底に納め置きたるところ、昨年に至り一聲翁は出版し度い考へで輯められたるものなる事、又恰も余が此稿本を差押へたる形となりし為め翁は再び拙句輯集に勉め居らるる由を聞き有難いやうな迷惑なやうな心持致したるが、其儘にて一年を経過したる此頃、偶篋底より此稿本を見出し、手習草紙程度の叢書の標本としてならば此書出版も差支へ無かるべし、折角の翁の志を無にせぬ為め又新たらしく筆を取らねばならぬ面倒を避くる為め先づ此稿本でも差出すべしと決心して、此事を翁に話し、俳書堂主人に附す。

梓月が求めたのは、恐らく「俳句入門」のようなものであろう。虚子はそこに個人句集を差し出したのである。『癖三酔句集』の経緯から、梓月から句集を求めることは難しいだろう。虚子自ら差し出したのである。それも虚子門の今村一聲なる六十歳翁の編輯した稿本の形を借りている。「殆んど先生の句を網羅して洩らす所なし」という自負を一聲はその序で語ってもいる。虚子の序に従えば、これは三四年前のものである。それは青々の『妻木』出版の頃に被る。また改めて一聲が出版を求めた時期は、僅かに『癖三酔句集』序文に先んじているようだ。即ち、序文を書く時期には虚子句集出版の話も裏であったということだろう。あるいは三允は、その経緯を知っていたのかもしれない。もちろん虚子の「面倒を避くる」は辻褄合わせだろう。ちなみに、『日本近代文学大事典』に附された「日本近代文学略年表」（小田切進編）では、『稿本虚子句集』が最初の個人句集として登載され、先行の三冊は掲載されていない。

『稿本虚子句集』の後は何か。明治四十二年一月刊行の『鳴雪句集』である。これは敢えて一月一日に日付を合わせてのものであろう。『稿本虚子句集』から十ヶ月後である。鳴雪は子規門の長老である。長幼、遅速から言っても、最初に句集を刊行する礼をもって遇されてもよい俳人であろう。内藤鳴雪は弘化四年生まれで、句集刊行は六十二歳になる。明治三十五年五月二十六日付の子規から贈られた絵を序文代りに置いた後の緒言で、鳴雪は次のように言う。「此の集を出すに方つて子規居士と余との関係を思ひ出さずに居られぬ」「其後二三年間、即ち碧子虚子々などの勇将が現はれて来らるるまでは僕も少々威張つて居た」「僕は子規子に対して年齢と経歴とに於ては郷里の長者先輩である。寄宿生としては監督したこともある。又漢詩を添削したこともある。是が今以て子規子より翁又は先生の称呼を甘受せねばならぬ所以である。併し、人も知る如く俳句に於ては僕は子規子の徒弟である」鳴雪が緒言で強調するのは、子規門第一という自分の立場と自負である。個人句集刊行へのこわばりのようなものは一切ない。ここで改めて子規門の自分の位置を強調しなければならないのには、それなりの忸怩たる思いがあったというべきであろう。編輯は渡辺水巴が「労」をとったことが緒言に明記されている。あるいは、編集作業は『稿本虚子句集』刊行前に始められていただろうか。虚子には急がなければならない理由があったのかもしれない。ちなみに、「日本近代文学略年表」の二冊目の個人句集の登載はこの『鳴雪句集』である。

令和の時代に彼等の倍の馬齢を重ねた私には、明治の二十代三十代の青年の覇気とも稚気ともつかぬ熱気は今見ても眩しい。時代も人も若かったのである。

なお、「虚子記念文学館報」（第三七号・二〇一九年四月）で、学芸員小林祐代氏が、「句集のいろいろ──虚子句集を中心に──」として、書影入りで短い解説文とともにこれらの句集を紹介している。その解説と私の解釈は違うところがある個人の見解なので、公平を期すためにも参照いただくと有難い。

また、ここで紹介した五冊の句集『獺祭書屋俳句帖抄上』『妻木』『癖三酔句集』『稿本虚子句集』『鳴雪句集』は、「国立国会図書館デジタルコレクション」で検索でき、原本の印影を閲覧できる。

破魔弓——闇討会の青春

初期の「破魔弓」、もっと具体的に言えば水原秋桜子指導以前のものを見てみたいと久しい前から思っていた。切っ掛けは、創刊に近い号を見た経験からである。「破魔弓」は「馬酔木」改題以前の誌名として知られる。現在は「馬酔木」と同一のものと扱われ整理されるのが殆どである。手許の『日本近代文学大事典第五巻』（講談社・昭和52年）も『俳句辞典 近代』（桜楓社・昭和52年）も『現代俳句辞典 第二版』（富士見書房・昭和63年）も、「破魔弓」で項目を立てていない。「馬酔木」の中で記述するのみである。また、「破魔弓」を所蔵する文学館も「馬酔木」で分類し整理しているようである。しかし、私が一瞥した「破魔弓」は、大きく印象が違っていた。言わば、新興俳句前夜の梁山泊のような雰囲気を感じたのである。新興俳句への助走はここで見届けられるのではないか。そう思ったのである。

しかし、これがなかなか叶わない。古書市場を時々チェックし続けていたが遭遇しない。日本古書通信編集長の樽見博氏に尋ねてみたが、まず無理でしょうとのことだった。樽見氏は個人的にも俳書に注意しながら神田の古書の流通に立ち会ってきた人である。その人が言うのである。

余程数が少ないらしい。半ば諦めていたのである。ところが待てば海路の日和である。突然、ネットの古書店に二冊現れたのである。これで以前閲覧したものとあわせ読めば少しは何か見えてくるかもしれない。私の記憶では、その雑誌は俳句文学館で閲覧したことになっていた。早速検索したところ、なんと該当する期間の雑誌がない。文学館がカード管理をしていた遙か彼方の記憶である。では、いったい私はどこで見たのか。俳句文学館と記憶していたので、いまとなっては代わりの場所など思い浮かばない。一読の強い印象は持ち続けたが、それが稀有な体験だとも認識していなかったので、メモも残してはいなかったのである。

そこで、国立国会図書館を始め文学館を片端から検索したところ、該当期間の「破魔弓」が四冊所蔵されていることが分かった。災い転じてである。日本現代詩歌文学館には、創刊号（第一巻第一号・大正十一年四月）、第二巻第三号（大正十二年三月）、第二巻第四号（大正十二年四月）の三冊が所蔵されている。また山梨県立文学館には第一巻第六号（大正十一年九月）が所蔵されている。私が入手した二冊、第三巻第四号（大正十三年四月）、第三巻第五号（大正十三年五月）とあわせて六冊を照合することが可能になったのである。

＊

「破魔弓」はどのように記述されているのか。前述資料の該当する記述を引いてみよう。

大正一一年四月、佐々木綾華の手で創刊された「破魔弓」に水原秋桜子が同人として参加したのは第二号からで、さらにその選者となったのは一三年一月のことであった。ところが会員は三〇〇名たらずでいっこうに増えぬところから、その原因は誌名の古さにあるとして昭和三年七月、「馬酔木」に改題された。新誌名は「馬酔木咲く金堂の扉にわが触れぬ」からとったもの。当時はまだ「ホトトギス」の子雑誌の域を出ず、作者も共通していたが、風景俳句が圧倒的に多く、ホトトギス風の瑣末な写生俳句、いわゆる草の芽俳句がまったく見られないのが「ホトトギス」との違いであった。

（『日本近代文学大事典』楠本憲吉）

前身となった俳誌は「破魔弓」で、この誌名は内藤鳴雪が命名した。大正十一年四月創刊。発行所東京市神田区小川町一丁目内神田ビル。現在は東京都杉並区西荻南四ノ一八ノ七、水原方。編集発行は佐々木綾華で、長谷川かな女、池内たけし等が指導した。昭和三年七月に「馬酔木」と改題。誌名は秋桜子の句からとった。会員の主力は東大俳句会員で、一時、高野素十が雑詠選者となった。昭和四年二月から水原秋桜子が選者となり主宰。

（『俳句辞典 近代』松井利彦編）

水原秋桜子主宰。大正11年4月創刊された「破魔弓」（責任者・佐々木綾華）を昭和3年7月改題し、62年6月現在通巻七六〇号に及ぶ俳句結社誌。初めは「ホトトギス」系僚誌だったが、瑣末な写生主義を批判した秋桜子の「自然の真と文芸上の真」の一文を契機として、昭和6年「ホトトギス」と訣別、新興俳句の拠点となった。

（『現代俳句辞典 第二版』岡田貞峰）

「馬酔木」前誌としての記述なので、「破魔弓」そのものからは焦点がずれているが、それでも三者を照合してみると記述の内容に齟齬があることが分かる。記述者に於いても十分な資料がなかったのではないかと推測される。楠本の記述に改題時三〇〇名たらずの会員であったとあるが、いま創刊号の「雑詠」の投句者を見ると六五名である。これから推測すれば、創刊号は相当な少部数であった可能性がある。この期の「破魔弓」の内容が現在に知られないのは、このような事情が考えられるだろう。

＊

創刊號（大正十一年四月）を見てみよう。全五二頁。題字は内藤鳴雪。表紙に掲載のタイトルが日次のように罫囲みで示されている。随筆、小説、戯曲、詩、和歌、童謡と、さながら総合文芸誌の趣きである。しかし、長谷川零余子選の雑詠があり、これが雑誌の中心であることは間違いない。巻頭に「発刊の辞」を佐々木綾華が書いている。雑誌を知る手がかりとして貴重である。以下に引く。

私達新進の者が同じ興味と趣味の元に相集り、俳味を一般創作の発足點としてこれをあらゆる文藝に浸み込ませて進んで行かうといふ意気込から、ここに内藤鳴雪先生と長谷川零余子先生はじめ諸先輩の御援助のもとに破魔弓と名づけて小冊子を発刊するに至つたのであります、もとより此の小さな芽ばえの様な冊子のことでありますから、将来発展の如何は両先生はじめ諸先輩の御教導によると共に感激を同じくして下さる愛読者諸彦の御助力にあるのでありま

す。この意味に於て紙面一切を開放して御賛同を辱ふする諸彦と遺憾なく相携へて行きたいと思ひます。（略）

内藤鳴雪、長谷川零余子の支援の元に、新進者による俳句を中心とした文芸の広がりを企図し、読者参加型のジャンルを超えた自由な誌面を日指すということであろう。かつて私が一瞥の機会に恵まれたときに感じた強い印象と重なる。「破魔弓」の出発点として認識しておくべきだろう。

続いて内藤鳴雪の随筆「破魔弓と私の幼年時代」を見開き二頁で置く。「破魔弓を夢にもがもな七十六」の句が添えられている。長谷川零余子の自伝「山の町へ生まれて（一）」の四頁が続く。佐々木綾華は戯曲「水魔」を七頁にわたって載せる。綾華のメインフィールドは、俳句ではなくここにあるようだ。

雑詠は、長谷川零余子選で六五名が入選している。応募規定を見ると一〇句単位の投句のようである。巻頭は杉田久女五句、次席は中村汀女五句である。水原秋桜子は三句で五席に名を連ねている。「破魔弓」創刊号の巻頭が久女、次席が汀女であることは意外で新鮮な驚きである。

夏帯しめて長旅をへし疊かな　　杉田　久女
金魚すくふ行水の子の肩さめて
かがよふ陽ありて沈みぬ草紅葉　　中村　汀女
銀杏落葉ふくむ草原日向かな

冬山や麥畑もちて木挽小屋　　水原秋桜子

他に目に付くところでは、町田書店の一頁、長谷川零余子の「枯野」二頁、なるみ演奏会予告一頁、宮子書店半頁の広告である。「広告主へ御注文の節は破魔弓の広告に依る旨御附記を請ふ」と添え書きしているので、有料の広告スペースであろう。零余子は広告という形で金銭的な援助も行ったものと思われる。

奥付は、発行日大正十一年四月一日、編輯兼発行人佐々木寛英、発行所佐々木綾華方破魔弓社、住所は東京市四谷区南寺町二十七番地である。発売所に町田書店の名がある。定価は一冊四十銭（郵税共）十二冊四圓四十銭で、前納、郵券代用一割増となっている。

ここで改めて先の「破魔弓」の記述を見ると、いくつかの誤謬や曖昧さが分かる。楠本記述の秋桜子の参加が二号からというのは、「同人」を資格とすれば別だが、秋桜子の創刊号からの参加が確認されるので誤りではないか。また、松井の発行所住所も、創刊時のものではないことがはっきりする。松井記述の発行所住所は後のいずれかの時のものかもしれないが、少なくとも創刊時以降管見範囲のものではない。記述が曖昧で誤解を招くものというべきだろう。

第一巻第六號（大正十一年九月）を見てみる。ここで注目すべきは、雑詠欄が二つになり、池内たけしと長谷川かな女が担当していることである。巻頭にたけし選が置かれ、掲載者は二二人である。巻頭は土岐越水、水原秋桜子は六席である。他に佐々木綾華の名が見える。

葬列を夏川越えに眺めけり　土岐　越水
泳ぎ子に夕高波や重ね來る　水原秋桜子

巻末に長谷川かな女の雑詠欄が置かれている。掲載者は一五人。巻頭は奥沢漂舟、水原秋桜子は二席。佐々木綾華も投じている。

振舞水や塗椀乾き埃りゐる　奥沢　漂舟
妻に似し顔と眉とや天瓜粉　水原秋桜子

両方の雑詠に名を連ねている者も多く、合わせた総勢は三〇人ほどである。創刊後から人数は半減している。想像以上に小さな雑詠欄となっている。編集後記で佐々木綾華は「號を追ふにつれて雑詠の投稿者も増してくるのは」と書いているので、あるいは厳選のため選外者が多数出ている可能性も排除できないが、現実的には創刊号の勢いはない。「破魔弓雑詠選者の私として」という池内たけしの文章があり「破魔弓の選者を引受ける事になつた」とある。事情は分からないが、長谷川零余子の雑詠選が妻のかな女に代わって不興なために、新たに池内たけしの雑詠選を加えたようである。かな女選では投稿数が確保できない現実的な事情があったのだろうか。他に内藤鳴雪、長谷川零余子、長谷川かな女のエッセイがあり、佐々木綾華の戯曲がある。全三〇頁で、頁数も五分の三に落ちている。

第二巻第三號（大正十二年三月）を見てみる。丁度創刊一年経過した「破魔弓」は大きな組織的改変を行っている。それは佐々木綾華の巻頭言「満一年」と水原秋桜子の「宣明」各一頁で明らかにされている。綾華は「昨年四月誕生して八月にたけし先生を迎へて」「今度同人の改革を促されまして別記の如く純然たるホトトギス系の俳誌たる根底を定め」たと言う。「今後の破魔弓は全く同人相一対協力の結晶と云ふべきもの」で「僧綾華の手から出た破魔弓は此処に一段落をつげ、新しき同人の手に移つた」と言う。これを受けて同人の一人である秋桜子は「われら五人、この度新たに同人の盟を結び、相提携して本誌の向上のために力を致す」こととなったと言い、「本誌の権威たる雑詠の選を、改めてたけし先生にお願」し、「濱人、橙黄子、野風呂、草城の四先輩が、課題句選者」となったと言う。続いて、綾華の言う別記の組織表一覧が示されている。顧問内藤鳴雪、文章選者篠原温亭、課題句選者原田濱人・楠目橙黄子・鈴鹿野風呂・日野草城・鈴木花蓑・富安風生・水原秋桜子、雑詠選者池内たけし、同人鈴木花蓑・富安風生・水原秋桜子・高宮黄雨・佐々木綾華となっている。

この組織表を見ると、綾華の「純然たるホトトギス系の俳誌」の意味が分かる。長谷川零余子が排除されているのだ。この時既に「枯野」は純然たるホトトギス系俳誌とは認知されていなかったことになる。内藤鳴雪は顧問として名を残しているが、二人に一切の言及がないことからも、その影響力も限定的となったと思われる。同じホトトギス系とは言え、鳴雪門から虚子門へのシフトも進んでいる。虚子の甥であり、ホトトギス発行所の池内たけしが雑詠選者となったことからもその推測は可能である。また、巻頭には高浜虚子選の「近詠」が、たけし選の「雑詠」とは別に掲げられる。これは課題句選者や同人を対象とした特別企画のようだ。四句から二句の掲載だが、掲載順序は句数に依らないので、順位付けはされていないものと思われる。花蓑、草城、野風呂、橙黄子、風生、秋桜子、黄雨、綾華の八人が出句している。四句選は草城、秋桜子の二人。たけし選の巻頭は秋桜子の七句。他に百合山羽公五句（四席）、富安風生四句（七席）など。全掲載者数は五四名。

寒椿ひらきもきらず焦げにけり　水原秋桜子
霜月や襟垢つきし柔道着　百合山羽公
きらきらと冬日光れる茶の木かな　富安　風生

前体制の残滓のように長谷川かな女選の「雑詠」が巻末に併載されている。これが最後の掲載であろう。以降の雑詠募集は、たけしの名のみでかな女の名はない。全掲載者数三六名。巻頭は初枝女の四句。秋桜子は四句で次席。綾華が三句で四席、羽公は二句で十席である。越前の初枝女は沢田はぎ女である。かな女に先んじて活躍した最初期の女性俳人の名がここにあることにも驚く。

尼寺の裏の干菜のみぞれけり　沢田はぎ女
病床のみぞるるに雨戸しめさせぬ
嘴曲げて雪晴鸚鵡青きかな　水原秋桜子
クリスマスの花壷映るピアノかな　百合山羽公

他に水原秋桜子、内藤鳴雪、中田みづほ、篠原温亭の随筆、佐々木綾華の戯曲が載る。ここでの五人の同人は編集人のような存在であろう。共同編集人体制となったのである。ここで同人体制が取られたのだとすれば、先の楠本憲吉の秋桜子二号からの同人参加という記述は不適な可能性がある。全五七頁。

第二巻第四號（大正十二年四月）を見る。「内藤鳴雪先生喜寿祝賀特別號」である。巻頭に鳴雪の近影と謝辞を置く。以下、高浜虚子、篠原温亭、渡辺水巴、村上蛃魚、原石鼎、前田普羅、嶋田青峰、三田村鳶魚など十五人の鳴雪論が並んで圧巻である。課題句選者は水原秋桜子。池内たけし選の雑詠は五三人を掲載。巻頭は水原秋桜子八句。

雛の影それぞれ落ちて燭明し
町中に愛宕の山や花曇
水原秋桜子

望外に村上蛃魚の文章に接することができた。蛃魚は最後まで鳴雪門を貫いた人である。歌人村上成之でもある。歌人土屋文明の旧制中学の師であり、伊藤左千夫のもとへ文明を送り出した人である。全四八頁。

第三巻第四號（大正十三年四月）を読む。表紙題字が鳴雪から高浜虚子に変更され、また、表紙は色刷りの竹久夢二の舞妓となっている。題字に目次を添えるだけの味気ない表紙が一気に華やかなものに変わっている。

巻頭に水原秋桜子の「ささぐる言葉」一頁が載る。池内たけしが雑詠選者を退任することを告げ、感謝の言葉を述べている。多忙が理由である。一方、消息欄に佐々木綾華は「師（池内たけし）の御辞退と共に推挙され、且つは同人の希望したる新雑詠選者、水原秋桜子君の快諾に満腔の感謝を致す次第に御座候」と書いている。池内たけしが多忙を理由に退任するとともに、その後継に水原秋桜子を指名したことが分かる。今後、たけしは鳴雪と共に顧問となるとも告知されている。

池内たけし選の雑詠欄の掲載者は一一七名で、ようやく百人の大台を超えている。巻頭は水原秋桜子六句。他に中田みづほ三句、百合山羽公二句、高野素十一句など。

水禽の檻に日向や寒の内　　水原秋桜子
壺焼の食ふ程もなくしまひかな　　高野　素十

巻末「付録」の「闇討会」がこの雑誌の白眉である。第四回とあるので、大正十三年一月の第三巻第一號から始められた企画であろう。一四頁を割く。名を伏せた一句を合評する。「交替筆記」とあるので、回覧してそれぞれの感想を書き込むようにして成立したもののようである。忌憚がない。参加者は九名。ただし中田みづほは参加せず、後日追記した。参加者は水原秋桜子、山口誓子、高野素十、佐々木綾華、大岡龍男など。最後に謎解きのように作者名が明かされた句が再掲される。読み物としても面白い。

「行く春や着くづれ目だつ身重妻」については「不躾に云ふが極めて、だらしのない句である」（誓子）「按ずるに作者は余程、あくどい趣味を持つた人に違ひない。身ごもつた妻が綺麗に身だしなみをしてゐる所に却つて、ゆく春の哀れさがあるのではないか」（秋桜子）「身だしなみをしているが、やはり追々に着くづれが目立つて来る所に、一寸ゆく春の気持が出てはしないか」（素十）の評。巻末を見ると素十の句である。

「篁のかなたの笛や冬の雨」は、「この笛の音がどうしたと聞きたくなる。季題がないから冬の雨と云ふのを付けた様な気がする」（素十）「月並もずつと下積みの月並である」（誓子）「これで幕を切つたら悪落ちでせう」（秋桜子）「よつぽど作者は闇討に会ひたがつてのさばり出たものである」（誓子）の評。巻末で誓子の句と知る。

「遠蛙聞いて詣づる手古奈かな」は、「こんな句は『日本少年』でも選外の末流に位する句である。まことに大人気ない」（誓子）「蛙が山を抜けるとあそこは野原が前に拡けて来るので始めて聞こえてくる様な気がして私はいい句だと思ひます」（素十）「素十君は勝手な解釈をしてゐるらしい。句は表現された内容だけについて詠じたいものである。どこに山を抜けて来たところが出てゐますか」（秋桜子）の評。作者は秋桜子。

若き日の3Sの忌憚のない、風通しのよい相互評は読んでいて爽快である。ユーモアのあるやり取りもあり、闇討会が成立する信頼感を共有しているのが分かる。全六〇頁。

第三巻第五號（大正十三年五月）を見る。表紙のデザインは前号に同じである。池内たけしの「選者辞退の言葉にかへて」を巻頭に掲げる。「雑詠を引受けた大正十一年の八月號より以来辞退する今日の十三年の五月號まで年数にすれば僅か二ヶ年程の間でした」「私のあとを引継ぎ責任を負つて雑詠選者たることを心よく秋桜子君が承諾して下さつた」「秋桜子君と私とは相識り相交つてから比較的未だ日が浅いのであります。が、僅かの歳月中に秋桜子君のやうな才気に富み、頭脳の明敏な俳人に私は曾てめぐり逢つたことがありません」と書いている。手放しの秋桜子推挙の弁である。ここに次号から秋桜子指導の「破魔弓」が実質的に始動する。

最後になるたけし選の雑詠の掲載者は一二二名。巻頭は秋桜子五句。

古町のほどなく尽きしげんげかな　水原秋桜子

巻末に付録として「闇討会」第五回を載せる。参加は中田みづほ、水原秋桜子、高野素十、山口誓子他全九名。

「看護婦の薄化粧見し種痘かな」には、「かかる句を見ると実に胸のときめくを覚ゆるが俳句としては種痘に看護婦はつきもので古くはないかしら」（素十）「一体この看護婦の薄化粧を見たのは誰れが見たのかわからない」（みづほ）「私にはどうもこの句がリハアインされてゐない点で忌避したいと思ひます。大した句ではないでせう」（誓子）と評する。巻末で見ると作者は素十である。「花だより京の舞妓の絵葉書に」には、「『花だより』と『舞妓の絵葉書』といふのが錯綜、否互に競合しあつて重心が定まらない様な気がします」（誓子）「発信人は長田幹彦、受信人は洗血面樽《せんちめんたる》学校、卒業生とまで行かないが在学生で何度も落第して成績の上がらない人であらう」（素十）「なんだか僕のことを云はれている様でヒヤヒヤするが」（秋桜子）「秋桜子さん御心配ありませんよ。これは吉井勇さんに宛てたハガキでせうから」（綾華）と評する。和気藹々とした場の雰囲気が伝わる評だ。巻末で作者は誓子。

「法隆寺壁画拝観」の前書きのある「戸のそとは春も闌けたる晝なりき」には、「拙者不幸にして法隆寺を知らず、此の句の解釈にあたる事何ぞつらきや」（素十）「難を云へば此の句の前書である程度まで助けられて居る点である。それを見逃せば可也気持ちのいい句だと思ひます」（誓子）「五感を超越した嗅覚といふ意味で誓子君のお説を肯定します」（秋桜子）「さてさて俳句といふものは怖ろしいものである。医学者にして五官《ママ》を超越した嗅覚とは何事ぞや。小生等俳句未熟のものには仲々解し得ぬ言葉である」（素十）「私も法隆寺へは一度も詣つた事がありません」（誓子）などと評する。素十と秋桜子の資質の違いが垣間見えるやり取りのように思える。素十も誓子もまだ法隆寺を訪れたことがないというのも何か微笑ましい。巻末で秋桜子の句と知れる。全五六頁。

　秋桜子は明治二五年、素十は明治二六年、みづほは明治二六年、誓子は明治三四年の生まれである。大正一三年は秋桜子が三二歳、素十、みづほが三一歳、誓子が二三歳になる若さである。後日の俳壇史に照らせば、呉越同舟の観もあるが、研鑽の日々にあって同志の信頼感があったのだろう。先の「馬酔木」時代に「一時、高野素十が雑詠選者となった」（松井利彦編）という記述を今回の資料では確認し得ないが、この「闇討会」の雰囲気に照らせば、それほど不思議な出来事ではなかったように思う。

　最後に六冊の「破魔弓」を通して分かることを纏めておこう。大正一一年四月一日、「破魔弓」は佐々木綾華によって東京市四谷区南寺町二十七番地を発行所として創刊された。綾華は「ホトトギス」に依る僧侶であった。創刊に際しては、内藤鳴雪、長谷川零余子が支援し、創刊号の雑詠選者には長谷川零余子が迎えられた。しかし、何らかの理由で半年後の九月号（第一巻第六號）以前に零余子の妻の長谷川かな女に選者が交替している。また、前号の八月号からは新たに池内たけしを雑詠選者に迎えて、雑詠欄が二つという変則的な体制が生まれている。あるいは長谷川かな女選は、「破魔弓」にとっては不本意であったための措置であったかと思われる。

更に創刊一年後の大正一二年三月号（第二巻第三號）で、組織替えを行い、同人制（共同編集制）を敷き、水原秋桜子、佐々木綾華ら五人の運営となった。また雑詠を池内たけし選に一本化した。したがって、かな女選の雑詠欄はこの号で終了となった。同じ「ホトトギス」系でも、内藤鳴雪から高浜虚子の影響の強い雑誌に衣替えが進み、長谷川零余子は排除される形になった。

更に一年後の大正一三年四月号（第三巻第四號）で、池内たけしの雑詠選者の辞退が発表され、五月号（第三巻第五號）が最後の雑詠選となった。一方、後継の選者は池内たけしの指名で、水原秋桜子が継承することとなった。次号の六月号（第三巻第六號）からが秋桜子選の雑詠であることが広告でも知られる。大正一三年六月、ここから秋桜子の指導による「破魔弓」が実質的に動き出したことになるだろう。

この時点で「馬酔木」改題の昭和三年まで四年、「ホトトギス」離反の昭和六年まで七年の歳月がある。秋桜子は混沌の青春群像の中から抜け出す出発点にようやく辿り着いたのであろう。

炉——昭和一〇年の永田耕衣から

手許に俳誌「炉」一七冊がある。これを手持ちの事典・辞典の『日本近代文学大事典第五巻』（講談社）『現代俳句辞典 第二版』（富士見書房）『俳句辞典 近代』（松井利彦編　桜楓社）『現代俳句大辞典』（明治書院）『増補改訂新潮日本文学辞典』（新潮社）で調べても、項目立てされていない。また、国立国会図書館、文学館などの蔵書を検索するかぎり、所蔵する機関を見つけることができなかった。（日本現代詩歌文学館に同名の俳誌の所蔵が確認できるが、発行年や巻数から別誌である）

この資料の所蔵者は日本古書通信編集長の樽見博氏である。今年（二〇二〇年）は永田耕衣生誕一二〇年に当たり、姫路文学館では記念の展示会が行われた。また、古書の流通価格を見ると、平均して最も高価な俳人の一人であり、高い人気を誇っていることが知られる。私の関係する同人誌「鬣 TATEGAMI」でも、これを機会に以前から懸案の一つであった特集を組もうということになり、その一連の活動の中で、樽見氏よりの所蔵を告げられ、その価値を問われた。

もちろん、未知の資料であったが、すぐに思い浮かぶ一頁があった。永田耕衣展の図録『企画

展 生誕百二十年記念 俳人 永田耕衣展』（二〇二〇年一月）の「Ⅱ俳誌遍歴―《俳壇の渡りもの》」である。ここには大正一〇年の「ホトトギス」初入選から、昭和一五年の「寒雷」創刊号への投句まで、耕衣が終戦期までに拘わった俳誌の一覧が時系列に表にされており、その数は一八にのぼる。この中には投句して断られた「馬酔木」（水原秋桜子）、寄稿した「螺旋」（鈴木六林男）の二誌が含まれているので、実質は一六誌である。表の分類によれば、「ホトトギス」系三誌、「鹿火屋」（「鶏頭陣」を含む）系七誌、新興俳句系三誌、「馬酔木」（「馬酔木」を含まず）系二誌、新興川柳系一誌となる。果たして「炉」は、「鹿火屋」系に分類され、「昭和九年、一〇年頃投句」と注記されているのであった。この時期の耕衣について図録に曰く「人呼んで〈俳壇の渡りもの〉。耕衣の歩んだ俳句の道は、俳壇の作法や常識など全く意に介さない、自由奔放な所業だった。『惚れ込みや自己脱皮や、結社意識の嫌悪』、そして何より『俳句芸術に人間を追求しようとする』第一義主義が、耕衣を常につき動かしていた」。

「炉」に言及しているのは、管見のかぎりこの一カ所である。耕衣の自筆年譜にも該当年に言及はない。また、姫路文学館の蔵書検索によっても、所蔵は確認できない。果たしてこの記載は何を根拠になされたものか。作成者の姫路文学館の学芸員・竹廣裕子氏にお聞きする以外に方法はなくなったので、問い合せさせていただいた。耕衣は作品のスクラップ帳を作成しており、そこに「炉」に掲載された作品が貼られているとのことであった。ある号の表紙と作品の切り抜きが残されている。したがって、厳密に何年何号の掲載か、また作品のすべてかを特定できないため「昭和九年、一〇年頃投句」のような推定の記述にしている。また、公的機関の所蔵を調査したが、確認できていないとのことであった。どうやら耕衣資料として、小さいながら新発見の資料とみなしてよさそうである。

＊

手許の「炉」一七冊を発行年順にあげてみる。この中で、耕衣俳句掲載号は八冊であるが、前記のように投稿時期を厳密に特定できていない状況を考えれば、未掲載の号の情報も意味があるからである。なお、耕衣俳句掲載号には、＊印をつけて示す。

・第十巻第三・四號合併（昭和九年四月一日）
・第十巻第五號（昭和九年五月一日）
・第十巻第六號（昭和九年六月一日）
・第十巻第七號（昭和九年七月一日）
・第十巻第九號（昭和九年九月一日）
・第十巻第十號（昭和九年十月一日）
・第十巻第十二號（昭和九年十二月一日）
・第十一巻第一號（昭和十年一月一日）
・第十一巻第二號（昭和十年二月一日）＊
・第十一巻第三號（昭和十年三月一日）＊
・第十一巻第四號（昭和十年四月一日）

・第十二《ママ》巻第五號（昭和十年五月一日）
・第十二《ママ》巻第六號（昭和十年六月一日）
・第十一巻第七號（昭和十年七月一日）
・第十一巻第八號（昭和十年八月一日）
・第十一巻第九號（昭和十年九月一日）
・第十一巻第十號（昭和十年十月一日）

＊ ＊ ＊ ＊ ＊ ＊

昭和九年に欠号はあるが、この資料で見るかぎり投句は確認されない。耕衣のスクラップに添付の表紙は昭和十年の欠詠號の第十一巻第四號と聞く。この状況からは昭和十年だけの短期間の投句の可能性が高いように思われる。

この期間、発行にかかわる奥付は変わっていない。編輯兼発行人は吉田裕男で、東京市神田区鎌倉町一番地六。印刷所は、東京旭印刷株式会社で、東京市蒲田区小林町二六八　吉田裕男方である。発行所は南琴吟社。誌代は十銭から十五銭にあがっている。編纂兼発行人、及び印刷所は、印刷業者による名目のもので、実質は南琴吟社の編輯発行と考えられる。

この雑誌の性格が判る記述が、第十一巻第十號に見える。即ち「『爐』改題並びに組織変更」と題する広報である。「『爐』は、もと、一橋南琴吟社の内輪雑誌でした。それを、一般に公開したのが、昭和八年一月以来、現在の爐であります。公開以来、二年九ヶ月、その長い月日の間に本来の南琴吟社の内輪雑誌たる性質が一変し、読者諸彦の俳誌となつてしまひました。現在の『爐』

は南琴吟社の雑誌といふ名称を附するに、ふさわしくないものになつたのであります。吾々編輯の局に当つてゐる者は、数ヶ月来この點に熟慮を重ねて来ましたが、遂に『爐』は南琴吟社から独立し、諸彦の俳誌として俳壇に働きかけて行かなければならないものであるとの結論に達しました。即ち誌名を『焚火』と改題しました。内輪で囲んでゐた爐を戸外に出し、大きく多勢でその火に当らうといふのです。それで組織も左の通り変更したのであります」（以下略・改行略）。

具体的な組織変更としては、四人の編者（京極杜藻・吉田楚史・永田竹の春・田中猪山央）が各月交替で編輯に当たること、同人句欄を設けること、財政としては、南琴吟社同人からの支援を辞退し、新同人及び購読者の出金によって運営することがあげられている。運営赤字を南琴吟社からの支援でまかなっていたものを自立のために見直すと言うのである。そして最後に罫囲みで驚くべき一言が添えられている。即ち「本號に限り、表紙は『爐』をそのまま冠してあります。これは第三種郵便物の題を変更の手続がまだすまないからであります」。つまり、この號が既に「焚火」創刊号であり、改題一號に当たるが、第三種郵便物の手続き上の問題で「爐」題としているというのである。（「炉」と「爐」を混同して使用しているように見えるかもしれないが、表紙の題は毛筆で「炉」とあるが、文章の表記は「爐」が使用されているのに従っているからである。）

「爐」は一橋南琴吟社（一橋大学俳句会）の機関誌であったが、昭和八年に外部に門戸を広げた。そして、ここで一橋大学俳句会を離れて、一般の俳句誌となり「焚火」と改題したということになる。昭和十年で第十一巻を数えるので、創刊は大正十四年になろうか。「鹿火屋」（原石鼎）の創刊が大正十年であるから、その四年後には創刊された「鹿火屋」系雑誌ということになる。「鹿火屋」の代表的な俳人京極杜藻を指導者としながら、世に知られないのは、「内輪」の一橋大学俳句会の機関誌の時代が長く、また十六頁という簡易な誌面作りも影響しているのだろう。

＊

「爐」の雑詠選者（「爐句帖」題で「選」ではなく「輯」を使用）で、耕衣句の選を行っている京極杜藻について確認しておきたい。

明治27年5月17日～昭和60年11月7日。91歳。米子市生れ。旧姓桶谷、本名友助。運輸業（京極運輸㈱、京極輸送㈱両社社長・会長をつとめた）。俳句は明治40年ごろ始め、大正3年「ホトトギス」初投句入選。原石鼎・飯田蛇笏に師事。東京高商南琴吟社を興す。「鹿火屋」創刊とともに課題句選者となり、また評釈などに加わる。昭和16年より23年までの間、病師石鼎に代り「鹿火屋」雑詠を担当。戦後は最長老として没年まで「鹿火屋」のために尽力を惜しまなかった。著書に、句集『艸冠』（昭10）『眉雪』（昭和58）『桃寿』（昭59）のほか、句文集『門』（昭30）自註『杜藻百句』（昭32）『古稀自祝七句句画帖』（昭40）その他がある。〈月高く大暑にくらき野山かな〉〈澎湃と除夜の枕にひびくもの〉

（『現代俳句辞典 第二版』原裕）

＊

「爐」中の記述では「東京高商南琴吟社」は「一橋南琴吟社」とする。杜藻が東京高商南琴吟社を興し、石鼎に指導を依頼し、「鹿火屋」系の雑誌となったのである。

永田耕衣にとって、昭和一〇年は、第二句集『傲霜』（昭和一三年刊・私家版）の時代に当たる。昭和九年十一月刊行の第一句集『加古』（鶏頭陣社）以後の作品を書き進めている時期である。以下「炉」発表句を見てゆくが、その作品の句集収録状況を附記する。なお、『傲霜』を「霜」、合本『永田耕衣俳句集成而今・只今』（沖積舎・平成二五年）を「成」、『永田耕衣 秋元不死男 平畑静塔集』（朝日文庫・昭和六〇年）を「朝」の略称で示す。その分析については、その都度行うこととする。なお、永田耕衣の初期二句集はアンソロジーに収録されず、かつ入手困難な状況にある。ここでの『加古』『傲霜』収録句については、姫路文学館学芸員の竹廣裕子氏から情報を得て行っていることを附記する。

・第十一巻第二號（昭和十年二月一日）
＊三席　入選者九三名
歳旦や露にくもりて梅の幹
春氷や障子とざして観世音　・成・朝
獅子舞のましろにくもる劒かな
蘭の芽の水ふいてをり除夜の鐘

二句目、「爐」では、「春氷」となっているが、俳句集成・朝日文庫とも「春水」となっている。雑誌は誤植か。ここで既にお解りと思うが、これは『傲霜』収録句ではない。耕衣は、俳句集成、朝日文庫ともに、「加古・傲霜」のように纏めて句集立てしている。したがって、句集『加古』『傲霜』収録の作品と考えるのが当然である。句集に落集した作品であれば、「拾遺・『加古』時代」「拾遺・『傲霜』時代」のようにするのが一般であろう。しかし、耕衣はそうしていない。恰も『加古』『傲霜』収録句であるかのように扱っている。『加古』『傲霜』と読み比べることができる人には周知の事実であろうが、うかうかと俳句集成、朝日文庫を信じていた私のような者にとっては、かなり衝撃的である。耕衣は「耕衣」になるために、『加古』『傲霜』時代の句を読み直し、選び直していたのである。実際二句集掲載の全体像は、私達が知る耕衣像とは隔たっており、くすんだ印象である。当然「耕衣」は早くから耕衣の中に存在したのであろうが、それを改めて自覚し発見し直す作業を、耕衣は密かに行っていたのである。

・第十一巻第三號（昭和十年三月一日）
　＊十六席　入選者九五名
　　雪惜しむ人の影さす辛夷かな
　　余にかなでやまぬ雲雀に常樂會
　　虫穴を出てしんしんと棕梠立てり

一句目の類句として「雪惜しむ人の影さす寝釈迦かな」が『傲霜』にある。改稿句の可能性もあるか。

・第十二《ママ》巻第五號（昭和十年五月一日）
＊三席　入選者九〇名

庭に來て女うつくし苗代どき
竹植うる人におかしき辛夷かな
花垂れし梅の幹かも爐を塞ぐ

この号で耕衣は、課題句「風光る」の選者（輯者）をしている。二一名入選。選評「小感の一」で「風光る椿の道や牛の聲」（光雄）を取り上げる。中で「刺戟のみあつて印象のないのが今の新興俳句といふ気がする。このたちの悪い空中曲芸は美事であるが又最も忘れ去るのに好都合な創作である。もつともすべての新興俳句がたちがわるいといふのではない。たちのわるいものが多すぎるのでいいところが見えなさすぎると言ふのである」と述べる。この批評に抗文が寄せられ、八號で反論を書くことになる。昭和一〇年当時の耕衣の新興俳句への考え方が判って貴重である。

・第十二《ママ》巻第六號（昭和十年六月一日）
＊四席　入選者一一九名

藤波や人はしづかに眠り落つ　　・霜

厨子ひらきみるひまもなく夏めきぬ
帆立貝あらふ眞水や苗代どき
拝殿にねむれる人や田植どき

二句目、『傲霜』入集句ながら、俳句集成、朝日文庫には落集。『傲霜』の作風がどのようなものであったかを知る手がかりとなろう。まとまりのよい句だが「耕衣」らしさは稀薄である。

・第十一巻第七號（昭和十年七月一日）
＊四席　入選者一一六名
蟻の子を食ふて蟇の子美しき
椋の花仰ぐ農夫や梅雨來る
梅雨近き榎の雨の夕かな　・霜
まひまひの光輪にべにさし暮れぬ　・成・朝

三句目「梅雨近き」は、『傲霜』に入集しているが、俳句集成、朝日文庫には落集。一方、四句目「まひまひの」は『傲霜』には落集したが、俳句集成、朝日文庫には復活入集している。なお、「梅雨近き」は『傲霜』では「梅雨ちかき」。この対比は鮮やかであろう。「梅雨近き」は、纏まった句ではあるが「耕衣」らしさは不足だ。「まひまひの」の中七には、後日の「耕衣」が用意されている。

・第十一巻第八號（昭和十年八月一日）

＊二席　入選者一一〇名

歸り路の草やはらかく田植すむ　・霜

竹の葉の眞先の露や田植すむ

山川に洗ひし髪のくもりけり　・霜・成・朝

瞳をとぢて蟇の子とぶや田植どき　・成・朝

三句目「山川に」が、唯一、三集に入集している作品である。『傲霜』では「あらひし」と平仮名表記。一句目「歸り路の」は、『傲霜』のみ。四句目は、『傲霜』に落集しながらも、俳句集成、朝日文庫に入集した。「瞳をとぢて」が後日の「耕衣」を用意しているだろうか。「竹の葉の」は、『傲霜』に入集しても不思議はないように思える。

なお、耕衣は「小感の二（芹澤君に）」を寄せている。耕衣に対する若者からの「抗文」についての反論。その中で「単に本能といつたのは人間本能のよさを約言したのである。自己の完成を目ざさないわけにはゆかない本能をいつたのである。新興俳句が伝統俳句に対して興つたのもこの本能に忠実であるためにほかならないこと位私もみとめてゐるし又影響もすくなからず受けてゐる。ただその成果なり運動のかしましさに好意のもてない感覚玩弄とお調子にのつた傍若無人さを面白く迎へるわけにゆかないのである」と述べている。

・第十一巻第九號（昭和十年九月一日）

＊十五席　入選者一〇九名

河の面の近みにもげるトマトかな

百合の蜜紅くたまりし旱かな

「河の面の近みにもげる」には「耕衣」らしさがある佳句だろう。斎藤茂吉の「赤茄子の腐れてゐたるところより幾程もなき歩みなりけり」を思わせる。トマトと河面の距離を測る感覚は、『傲霜』の平均を超えているように思う。また、「蜜紅くたまりし旱」にも感覚の冴えがある。二句とも今日の「耕衣」像に繋がる佳句であろう。ここでの選外句は知るよしもないが、やや異色の作品群が投じられたのではないか。それゆえに成績が振るわなかったのかもしれない。またその評価が、耕衣に俳句集成や朝日文庫での復活なしに影をさしているか。三集で知られていない作品としては出色の「耕衣」らしい句と思うがどうだろう。

・第十一巻第十號（昭和十年十月一日）

＊巻頭　入選者一〇七名

秋の陽の榎を出でて眞晝かな　・霜

わが足へ如來の御瞳や秋の草　・朝
飯食ふて晝うつくしき早かな　・朝
秋の陽をかげす榎の緑かな　・霜

この自選も対照的である。『傲霜』には一句目「秋の陽の」四句目「秋の陽を」を選んでいるが、二句目「わが足へ」三句目「飯食ふて」は落選。しかし、朝日文庫の選では、落選の二句を選び、『傲霜』入選の二句は選んでいない。結果として句を入れ替えたことになっている。ただ、俳句集成では、落選となっている。朝日文庫は、昭和六〇年一月に刊行され、『永田耕衣俳句集成而今』（沖積舎）は、昭和六〇年九月に刊行されている。ほぼ同時期の刊行だが、最終的なテキストを考えれば俳句集成となろうか。単にスペースの問題とは考えがたいので、最終選で再度落集としたものであろう。

＊

永田耕衣は『傲霜』（昭和一三年）に入集していない落集句を、後日選び直して『傲霜』の句として整理していることが判った。耕衣による「耕衣」の再発見ともいうべき作業であり、耕衣の立ち姿が一貫して見えるように自身の姿を再設計しているとも言える。そこで、『永田耕衣俳句集成而今』（昭和六〇年）に『傲霜』として入集している「耕衣」らしい代表的な句を一〇句選んで、これが句集『傲霜』に入集している作品かどうか確認してみる。

選んだのは次の一〇句である。

夏の夜の地よりあがりし蝶々かな
蝶波にとまりてやすし十三夜
或る時はうすむらさきの障子かな
人ごみに蝶の生るる彼岸かな
父の忌にあやめの橋をわたりけり
まん中を刈りてさみしき芒かな
春の爐に水音ふれむばかりなる
水にふる雪より濃ゆき雛かな
ひろごりて昏るる木影や夏惜しむ
尾を上げて尾のした暗し春雀

『傲霜』のデータと照合してみると、入集作品は「蝶波に」「水にふる」二句のみであった。想像を超えて少ないのに驚く。句集『傲霜』は三七八句を収録する。一方『永田耕衣俳句集成』中の『傲霜』句は、八六句である。悪く言えばほぼ中身がすりかわっている感じである。もちろん、これは第一句集『加古』でも同様に行われているはずである。同様の方法で確認してみようか。

日のさして今おろかなる寝釈迦かな
田にあればさくらの芯がみな見ゆる

佛ここに雲のかかりし杏かな
絵馬の蜂牡丹の蜂に混りけり
露をのむ瑠璃鳥や涅槃の楢林
踊り子にトマトのこれる畑かな
死近しとげらげら梅に笑ひけり
白蠟の己が灯に透く寒さかな
きさらぎの風にも覚めぬ翁かな
きさらぎの灯のさしこめる柩かな

ここで第一句集『加古』（昭和九年）三五八句の資料と照合したところ、収録句は「踊り子に」の一句のみであった。しかし、その作業で思わぬ事態に遭遇した。前に『傲霜』の佳句一〇句として挙げた作品の中で、「人ごみに」「父の忌に」「まん中を」「或る時は」の四句は、この前句集『加古』の収録句であることが判ったのである。

なぜこのような過誤を私はしたのか。耕衣が敢えて『加古』『傲霜』（制作期間は昭和五年から一三年）の作品を混ぜ合わせて、新たな作品配列を創造していたからである。単独の句集名で纏めないで「加古・傲霜」として纏めていた意味が初めて了解された。考えれば、耕衣は正直に題を付けていた訳である。俳句集成は、掲載句の途中に＊印が打ってあり、具体的な言及はないが、『加古』『傲霜』の境目を示唆しているように読める。私はそれに従って判断していたのである。

それによれば、『加古』句一七句、『傲霜』句八六句、計一〇三句となるのであった。

なぜ耕衣はこのような配列替えを行ったのであろうか。理由は幾つかあるだろうが、はっきり推測できることは、耕衣の現実の時系列に照合するように工夫をしたものであろう。耕衣の父は昭和九年二月に亡くなっている。『加古』はその年の一一月に刊行されている。ぎりぎり『加古』収録期間である。事実耕衣は『加古』相当の句群の最後に父の終焉の句を分類している。ゆえに、それに先だって作られていた『加古』収録の「父の忌に」を後方に移し『傲霜』の句であるかのように配列している。「父の忌に」制作時には父は生きており、この句は父の死を予感しながらのフィクションであったろうか。実際父は二月の冬に亡くなっている。「あやめ」の季節ではない。またこれが死後の句と考えると、『加古』刊行時の一一月ではまだ忌日は巡っては来ていないという矛盾を産む。

ほぼ同時期に編集された朝日文庫と俳句集成而今（同じ昭和六〇年ながら朝日文庫の方がやや先行する）の関係を再び確認しておく必要が出て来る。朝日文庫は一二七句を収録し、集成よりも二四句多い。しかし、配列は同じであり、両句集を分かつと思しき＊印がない。内訳は、集成に落集した句が二八句、逆に集成に入選して朝日文庫に落集した句が四句あり、朝日文庫は集成より二四句多い結果となっている。単に朝日文庫から二四句削って集成版を作成した訳ではない。耕衣の定稿のテキスト作成の執念のようなものが感じられる結果である。耕衣は最後まで「耕衣」になろうとしていたのである。

＊

寺山修司は、自身の早熟神話を創造するために、創作的な句集の編集を行っている。後日の制作を若き日の創作に紛れ込ませている。一方、永田耕衣は、二句集の間の時系列を入れ替える創造は行っているが、当該期間外の句を紛れ込ませることはしていない。「炉」の初出状況との照合を通して確認できよう。耕衣は飽くなき選句のしなおしを通して、自らの「耕衣」像を掘り出そうとした俳人である。表記に多少の変更はあっても、初出の句形には手を入れていない。実際の句集『加古』『傲霜』に未掲載の句の初出発掘は今後の課題となろう。尤も姫路文学館の耕衣のスクラップ帳に眠っている可能性は高いであろう。

（附記）当該資料「炉」は、樽見博氏より姫路文学館に寄贈された。

三つの詞華集――昭和一五年前後

嶋田青峰は入門書『俳句の作り方』（新潮社・昭和11年）の序を「この四・五年、俳壇は頓に活気を呈してをります。啻に俳句を作る人がふえたばかりでなく、俳句そのものの精神にしろ、表現様式《スタイル》にしろ、見ちがへるばかり若々しく新しくなつてきたのでありますす」と書き起こしている。昭和十年代はじめは俳句ブームの中にあったのである。こうしたブームを反映してだろう、アンソロジーが昭和十五年を前後して刊行されている。一番大がかりなのは改造社の『俳句三代集』であろう。昭和十四年五月から十五年二月までに全九巻別巻一巻で計十巻が刊行された。三代とは明治、大正、昭和をさし、正岡子規以降の近代俳句の総決算を企図するものであったようだ。改造社は昭和九年に初の俳句総合誌「俳句研究」を創刊しており、豊かなバックグラウンドを持つ成果ともいえる。もうひとつは、俳苑叢刊（三省堂）で、昭和十五年三月と十月の二期に分けて刊行された二十八冊の個人句集を単位とするものである。中堅、新鋭に的を絞った企画で、廉価普及本、叢書本の嚆矢であるとともに、その人選は現在も色あせない。第一句集十一冊を含む清新なもので、竹下しづの女や片山桃史のように生涯一冊の句集となったものも含まれている。さらにもうひとつは、全三巻の『現代俳句』（河出書房）で、昭和十五年四月から六月にかけて刊行された。各巻六人、計十八名を収める。「最も清新な現代俳句の一大総合殿堂として自他ともに誇り得るもの」（第一巻栞「編輯だより」）として、主に水原秋桜子以降の人選で新興俳句系に厚いものとなっている。第三巻には、生前ついに個人句集を持たなかった篠原鳳作の「海の旅」や、富澤赤黄男の第一句集『天の狼』に先立つ「魚の骨」が収録されていて貴重である。

＊

まず『俳句三代集』の編集体制について、さらっておく必要があるだろう。第九巻の巻末に「俳句三代集の完成」として、社主・山本實彦が編集体制、方針について述べている。顧問・高浜虚子ひとり、審査員・青木月斗、阿波野青畝、飯田蛇笏、臼田亞浪、大谷句佛、富安風生、原石鼎、松根東洋城、水原秋桜子、渡邊水巴の十人。評議員・池内たけし、岩木躑躅、伊藤松宇、大場白水郎、勝峯晋風、上川井梨葉、小杉余子、寒川鼠骨、志田素琴、鈴鹿野風呂、武定巨口、田中王城、西山泊雲、野村泊月、長谷川かな女、服部畊石、星野麥人、前田普羅、村上鬼城、室積徂春、籾山梓月、山口誓子、山本梅史、矢田挿雲、吉田冬葉、岡本松濱、小澤碧童、小野蕪子の二十八人である。評議員の配列は、表記順に従ったが、五十音順に配列される中、最後の三人は異なる。二十八人という半端な人員と合わせて、何らかの配慮が働いて最後に追加された可能性が高いように感じる。役割分担だが、顧問の虚子はひとり、審査員や評議員の人選やアンソロジーの構成に関与する地位にあったようである。審査員はその通り選句を行ったが、評議員の役割は明示されていない。恐らく作品収集に関与するなどの協力をしたのではなかろうか。また、俳壇的なバランスを図って強固な体制作りを企図したものかと思われる。なお、これは改造社の先行企画の『新萬葉集』の姉妹編として企画されたものでもあった。目指すところは「明治・大正・昭和の三代に亘る知名俳人の傑作、並びに無名俳人の作品と雖も文学的価値高きものは一句たりとも遺漏なきやう網羅すること」であった。作品収集は重層的である。無審査の六十一名の自選作品四十句はそのまま掲載される。準自選句は故人の作品をよく知る人が代わりに選句し四十句を提出したもの。これもすべて掲載される。二十八人である。それ以外の知名俳人は四十句の資料を提出し、選を受け、無名の一般俳人は十五句を提出し、選を受けるというものである。三点句からの掲載を予定していたが、入選数が少なく二点句から掲載するようにしたとある。審査句数三十四万余句から選んだものと、無鑑査自選句及び結社推薦句を加えて、三三六四〇句が当選となったとある。これを作者別ではなく、季題別に編集したところに特徴がある。季題分類は高木蒼梧が行い、編纂校正担当は改造社の木佐木勝が担当したとある。

なお、別巻は自由律俳句で、同種の方法で採集したとあるが、選を荻原井泉水、中塚一碧楼の二人が行い、作者別の編集となっている。なお、巻末に作者すべての略歴（本巻は第九巻巻末）が掲載されており、現在からは貴重な資料となっている。ただ、本巻は季題別に編集されているので、当該の作者の作品を探すのは、なかなか困難である。

「俳句研究」編集部にいた山本健吉は、川崎展宏を聞き手とした『昭和俳句回想』（富士見書房・昭和61年）で当時の裏話を語っている。「文学的価値高きものは一句たりとも遺漏なきやう網羅する」ことを目指しながら、「新興俳句を全く含めていないところに、時代的背景の限界があり、俳句史的な意味での欠陥もある」（松井利彦編『俳句辞典 近代』桜楓社・昭和52年）と既に指摘されているところだが、山本は、水原秋桜子、山口誓子、吉岡禪寺洞、嶋田青峰、日野草城の選者で、「新興俳句集一巻」を結ぶことを提案したが、無季を理由に虚子に拒否されて幻に終わったと述べている。虚子からすれば当然の帰結だったろう（山本によれば新傾向に発する別巻の自由律俳句集は、虚子は許容したという。虚子は「歴史的なもの」と述べたというが、もう足元を脅かさない存在と見切られていたようである）。むしろ歴史的なアンソロジーを企画しながら、その枠組みを独りの俳人の俳句観に依存する企画者の力不足を思うべきだろう。それは別のところにも現れる。季題別編集（これは山本の提案だったと述べている）が俳人には不評であった。「新興俳句の時代だから、季題別というのは作家たちには人気がないんだ」と山本は言う。排除された新興俳句の価値観が俳壇を席巻して、参加の俳人の俳句観にも影響を与え、作家主体の編集を望んだのだ。その抜け道の探し方を山本は紹介している。当然自選作家クラスのみの裏技だが、秋桜子は自句が纏まって掲載されるように同一季題の句を五句六句と纏めて提出し、誓子は四〇句丸々雪の句で提出した。東洋城に至っては、締め切りを過ぎて提出することで、九巻に補遺として四〇句が纏めて掲載される方法を考案した。「作者病気の事故に依り」と断り書きが入っているが、山本の言では意図的だったようだ。かくて、文学的価値の高いその作者の代表作を網羅する高邁な趣旨からは逸脱する結果となって、アンソロジーの価値に疑義を生ずる編集となってしまったのである。

山本は、「新興俳句のアンソロジーというのは一冊もないでしょう」とも言っている。日野草城の「旗艦」がほぼ毎年アンソロジーを編んでいたのは、山本の視野の外にあったのかもしれないが、むしろ既に新興俳句だけで切り出したアンソロジーは必要なく、既に大きな俳句の枠組みの中で入集するようになっていたというのが正解であろう。先の「俳苑叢刊」や『現代俳句』がそうであるが、虚子も参加した全十二巻のアンソロジー『俳句文学全集』（第一書房・昭和12～13年）には、水原秋桜子、山口誓子、日野草城、吉岡禪寺洞、嶋田青峰が収録されている（他は、河東碧梧桐、荻原井泉水、臼田亞浪、原石鼎、飯田蛇笏、富安風生、そして高浜虚子である）。出版社主導で選べば、当代を代表する作家はこのような顔ぶれになるのであろう。であれば、松井の指摘のように『俳句三代集』の人選が大いに違和感のあるものであったことは想像できるだろう。

この三つのアンソロジーが編まれた昭和十五年は、俳句弾圧事件の起こった年である。嶋田の指摘する俳句ブームが終焉を迎える年である。結果として最後の精華となったと言えるものだろう。

＊

選ぶという行為がともなう以上、落集は起こる。そこで、いちいちなぜ落集したかを問うても意味のないことであるかもしれない。しかし、その断裂面にこそ時代が切り取られていることもあるだろう。『俳句三代集』の無名者まで含めた三万を超える作品に、無名者ならぬ作家が落集しているならば、落集者の語る俳句の形の問題が見えてくるかもしれない。労を厭わずに、他のアンソロジー収録作家で、落集（未収録）者を、確認しておきたい。

・『俳句文学全集』（昭和12～13年）収録の未収録作家

吉岡禅寺洞　嶋田青峰
・「俳苑叢刊」（昭和15年）収録の未収録作家
石橋辰之助　東京三（秋元不死男）　西東三鬼　細谷源二　栗林一石路　片山桃史　内藤吐天
・『現代俳句』（昭和15年）収録の未収録作家
横山白虹　篠原梵　西東三鬼　藤田初巳　東京三　富澤赤黄男　篠原鳳作
加えて、俳句弾圧事件に連座した作家を確認しておこう。特高警察に検挙されたのであるから、ある意味で目だった存在だったに違いない。『現代俳句辞典 第二版』（富士見書房）の「京大俳句事件」「俳句事件」の項で、川名大、三谷昭があげる俳人総てを記載し『俳句三代集』に収録されている俳人に＊印を付けて示してみよう。
・「京大俳句」（昭和15年2月～8月）検挙の作家
＊井上白文地　＊中村三山　仁智栄坊　平畑静塔　波止影夫　宮崎戎人　新木瑞夫　辻曽春
渡辺白泉　石橋辰之助　三谷昭　和田辺水楼　杉村聖林子　堀内薫　西東三鬼
・「土上」（昭和16年2月）検挙の作家
嶋田青峰　東京三　古家榧夫
・「句と評論」（「広場」に改題）（同）検挙の作家
藤田初巳　細谷源二　中台春嶺　林三郎　小西兼尾
・「日本俳句」「俳句生活」（同）検挙の作家
平沢英一郎　栗林一石路　橋本夢道　横山林二　神代藤平

・「山脈」（10月）「蠍座」（昭和18年12月）検挙の作家
山崎青鐘　加才信夫、高橋紫風
三十一人中二名の掲載に留まっている。松井の新興俳句を含めていないという指摘を裏付けるものとなったが、二名確認（両人は鈴鹿野風呂門でもある）できるので、「全く」とは言えないかもしれない。
なお、この探査の過程で、杉田久女の名前がないことに気づいた。久女は昭和十一年に「ホトトギス」同人を除籍になっているのだった。

＊

それにしても『俳句三代集』参加の俳人が若い。全員を調べる勇気はないので、「作者略歴」の任意（第九巻二四六・二四七頁）の頁を開いて、年齢の記載（享年を含む）してある俳人を数えてみる。
・二十代　九人　・三十代　十六人　・四十代　十三人　（二十代の中に十八歳一人を含む）
・五十代　五人　・六十代　三人　・七十代以上　一人
三十代が一番多い。現在の俳句の年齢層とは隔世の感がある。確かに俳句ブームだったのだろうと思う。

ともあれ広く収集しようとしたという意味では労作であろう。以下目に止まった作者を拾って結ぶ。

まろうどに水餅あぶる餘寒哉　村上蛃魚
よべの雨に家々ぬれて二月盡　内田百閒
春暁の鳥屋に眞白き卵かな　潁原退蔵
行く春を居睡る妻や針坊主　平井晩村
春雪《しゅんせつ》に鏡花先生訪へば留守　吉井勇
この峡の水上にゐる春の雷　金子伊昔紅
春愁の飽くこともなき念佛《ねぶつ》かな　高岡智照尼
麥ほこりかかる童子の眠りかな　芥川龍之介
遊船に牧牛の島みどりなす　井上白文地
一年になる戦や月見草　高柳黄卯木

消ゆることなき航跡――七冊の「旗艦」詞華集

日野草城が率いた新興俳句誌「旗艦」は、七冊のアンソロジーを刊行している。短い誌命の中で、ほぼ年刊で刊行しているのだ。俳句結社の詞華集の古書市場での評価は高くないが、「旗艦」は数少ない例外である。まず「旗艦」を確認しよう。『日本近代文学大事典第五巻』（講談社・昭和52年）より引用する。執筆は楠本憲吉である。

昭和一〇・一～一六・二。主宰日野草城。従来、草城指導の「青嶺」「ひよどり」「走馬燈」の三誌を合同して新たに創刊したもの。水谷砕壺、笠原静堂、片山桃史、富沢赤黄男、西東三鬼、指宿沙丘、吉野《ママ》畔秋、喜多青子、安住敦らの新興俳人を擁し、「天の川」とともに、新興俳句運動の最有力の拠点となった。創刊号の巻頭で草城は「宣明」をかかげ「旗艦ハ凡テノ艤装ヲ了へ茲ニ進水セリ」と高らかに述べ、「吾人ハ新精神ヲ奉ジ、自由主義ニ立場ヲトル。ソノ使命トスルトコロハ、陳套ノ排除、詩霊ノ恢弘ニアリ」と声明している。無季、連作の立場にたって、都会の近代的な風俗描写、都会の小市民の生活感情、新感覚の表現を特徴とした。いわゆるモダニズム俳句の拠点となったものである。ために、草城は、雑誌創刊の翌年一〇月、ホトトギス同人を除名されるにおよんだ。（略）都会風、生活調の句が多く、創刊一年足らずのうちに旗艦叢書第一集『新しき雲』を刊行しているのである。作者層も若く、作品も伝統俳句のひねこびた暗さからの脱却を意識して図っているあとが見える。雑誌の体裁も用紙もすべて都会風、モダーンなものを意図している。

新興俳句運動雑誌の中核としてゆるぎない存在に成長していったが、戦時体制の強化による雑誌統合を余儀なくされ、昭和一六年二月号をもって、解散、「瑠璃」「原始林」と合併して、「琥珀」と改題して再出発することとなった。「琥珀」は「瑠璃」主宰者であった、朝木奏鳳と日野草城の二本建ちのかたちで発行されたが、俳句弾圧に伴って、草城は俳壇から姿を没せざるを得なくなり、その実質を失うにいたった。

なお、『俳句辞典 近代』（松井利彦編　桜楓社・昭和52年）は、昭和一六年五月号、通巻76号を終刊としている。『現代俳句大事典』（三省堂・二〇〇五年）も、四・五月合併号を終刊としている。また、ともに一五年一二月で草城は「旗艦」を離れたと指摘している。

さて、六年余の短い誌命の内に刊行された七冊のアンソロジーを読み進めたい。そこで、どのような俳人が参加し、どのような作品が書かれていたのか実見してみたい。僅か六年余の誌命だが、その中でどのような変化があったのか確認しておきたい。

＊第一詞華集『新しき雲』（昭和十年九月三日・旗艦発行所）日野草城選輯　日野草城「巻首に誌す」二頁　本文一〇〇頁　一頁五句組　索引三頁　挿入写真七葉　枡形版　天金　箱入　定価一円二十銭　限定三五〇部番号入

手許にあるものは、一九七番本。扉の遊び頁に草城自筆のペン書きの句が入り、巻末見返しには筆書きの笠原静堂自筆の句が入っている。奥付に「旗艦叢書第1」とある。

七月の蒼天を飛ぶ人見ゆる　草城
梅咲いて人すめり谿ふかきところ　静堂

創刊から僅か半年後の詞華集である。その秘密も、その意気も草城の「巻首に誌す」が語って貴重である。引く。

陳々たる傳統に安住し何れの方面に對しても積極性を喪失しつつあつた俳句を革新する運動、俳句に詩性を恢復し現代性を附與する運動が企てられ實行せられはじめてから未だ纔かに両三年を出でない。而もこの運動はその必然性の故に、守舊派の切齒扼腕にも拘らず、隆々として進展し、豫期以上の成果を収めつつ、今日に至つて居る。『新しき雲』は、かかる運動——一般に新興俳句と呼ばるるものの理論と制作——が興起して以來最初の詞華集である。諸君は、この一巻に於て、現代文藝として更生したる俳句の風貌を、その新精神を、歴々として観取するに違ひない。

我等はこの一巻に大いに愛着と矜誇とを感じる。同時にまた、早くも微かな不満を覚えはじめてゐる。我等は既にこの一巻の内容に幼弱なるものを感ずる程に、その歩武を進めて來てゐるからである。

昭和十年夏

選輯責任者として一言を附する。この集は「青嶺」「ひよどり」の作品を選抄して成つたものであるが、「新しき雲」の名に副はざる舊態の作品は、如何に佳良なるものと雖も之を割愛した。

簡潔に新興俳句運動の意義と来歴が述べられている。草城は、二、三年前を起源としているから、それで言えば新興俳句は昭和七年以降の運動であり、作品はプレ「旗艦」ともいうべき「青嶺」「ひよどり」の作品である。その始原期からの作品を集めた新興俳句運動最初の詞華集であると自負する。創刊半年で詞華集が整った所以である。

編集もそれに相応しく工夫されている。「都會」「田園」「海港」「山岳」「工場」「スポーツ」「防空演習」の七つに大きく部立てされており、その下は更に題材ごとに整理されている。ただ、これは巻末の目次（索引）で頁として示されているだけで、集中にそのような小見出しはない。各部立てごとに、それに相応しい写真が挿入されており、撮影者の名が記載されている。もちろん、素人写真ではない。「防空演習」の部立てに時代が感じられる。

「旗艦」創刊時の同人メンバーを知る貴重なものであろう。また、草城の選輯宣言のとおり、作品本意の選を貫いて、入選数に大きな差が見られる。その印象で言えば、この期の筆頭は笠原静堂、水谷碎壺であろうか。

街路樹は春のよぎりのうすぎぬを　西東　三鬼
ビル昏れて春陽とどむる窓ひとつ　幡谷梢閑居
バスの中とつくにびとの香も暑き　笠原　静堂
街の上炎暑の空のにごりなし　水谷　碎壺
いきいきと夜となりかはる夏の街　指宿　沙丘
颱風や遠き交叉の燈が青に　片山　桃史
シクラメン置き添へ服地飾り了ふ　井上草加江
灯ともりて眞白き花の面に滿つる　清水　昇子
薔薇の花白しトーストきつねいろ　日野　草城
青蚊帳に生くるくるしみいふひとと　富澤赤黄男
いひなづけ來てをり金魚華やげる　告野　畔秋
向日葵や憩ふ工夫に日蔭なく　村林硯生子
朝焼や敵機しづかに現れぬ　長田喜代治

瀟洒な装丁の扉に「1935—Sep」と、西暦が記載されているのが、目を惹く。

＊第二詞華集『航跡』（昭和十一年六月五日・旗艦発行所）日野草城選輯　日野草城「序詞」一頁本文一二〇頁　一頁一〇句組　索引四頁　枡形版　天金　定価一円

箱入本と思われるが、手許にあるものは箱欠本である。「旗艦年刊句集一九三五年版」「旗艦叢書第二編」と奥付にある。草城の「序詞」は僅かに二行「諸君と共に、旗艦第一年の航跡を展望しよう。これは消ゆることなき航跡である」。自信の言葉である。作品は、五十音順で作者別に掲載されている。索引は作者名による。それによれば入集者は、一七七名である。一句入集者がいる厳選の一方、推奨する作家には大量の入選を許している。草城選の特徴かもしれない。最多入集は片山桃史の四九句。喜多青子三八句、宮木しげる三三句、指宿沙丘三一句、井上草加江二八句、富澤赤黄男二七句と続く。

くちすへばほほづきありぬあはれあはれ　安住あつし
長き夜の留置車驛を暗くせる　井上草加江
雪つれし闇が海より這ひ上る　指宿　沙丘
雪の野に別れきし窓灯を消しぬ　岩田　雨谷
食堂の窓が巨きく暮れ遅き　笠原　静堂
朝の空碧くさくらは濡れてゐる　片山　桃史
陰多き螺旋階段春ふかく　喜多　青子
ひつぎめく館をのがれ影を得たり　西東　三鬼

精肉《にく》にあるスタムプの藍梅雨晴れぬ　告野　畔秋
南國のこの早熟な青貝よ　富澤赤黄男
鵜篝の焼きにし闇は更けて冷ゆ　中田　青馬
初飛行近畿立體地圖の上　日野　草城
驟雨去り摩天楼灯を垂直に　水谷　碎壺
夜をおごるローランサンの額畫《ゑ》が欲しき　宮木しげる
へやのもの白し潮の香ほのあをく　村林　秀郎
衣に泌《ママ》む陽の箭は長しやはらかく　宗　左近

この集より安住あつしが参加。宗左近が一句入集し、草城自身は一句のみの掲載としている。中田青馬もこの集に参加している。京大俳句弾圧事件の密告者として三鬼が誤って擬せられたが、川名大がNの表記で論じ、『昭和俳句の検証』（笠間書院・平成27年）で、実名を明かした、特高警察への協力を疑われる人物である。村林秀郎、及び前集の村林硯生子は神生彩史の筆名及び本名である。

＊第三詞華集『射程』（昭和十二年七月五日・旗艦発行所）日野草城選輯　草城無題巻頭言一頁
本文一一七頁　一頁八句組　索引三頁　枡形版　天金　箱入　定価一円三十銭
奥付に「旗艦年刊句集一九三七年版」「旗艦叢書第四編」とある。第二集を「一九三六年版」

と改めるべきか、第三集を「一九三六年版」とするべきか。第二集は収録された作品に基づいて「一九三五年」を用い、第三集は刊行年に基づいて「一九三七年版」を使用している。（註1）また、旗艦叢書は個人句集も刊行しており、それらを含んでおり叢書編数が、詞華集番と一致しない。また、過誤番の場合もある。編集は前集と同じく作者別五十音順。一三五名が入集。

あきかぜのわが妻を娼婦型とおもふ　安住あつし
枯野來て酒場にひとの肌にほふ　井上草加江
紫雲英野に神をまぶしみ疑はず　片山　桃史
深海の魚のしづけさにかよふ雨　神生　彩史
落葉焚き世に遠くゐるわれを思ふ　故喜多青子
昇天せりてつぺんの青きマストより　西東　三鬼
かあてんに日が暮れ湧いてくる女　田原　勝郎
秋風の下にゐるのはほろほろ鳥　富澤赤黄男
夕靄があをあをとわれら疲れたり　日野　草城
夕燒の花蕎麥の傾斜天碧く　堀内　薫
早春のきよらのデッキ傾ける　水谷　碎壺
雪白のフランスねずみ書架に飼へり　宮木しげる
くさはらでじぶんのこゑをきいてゐる　棟上碧想子

作品掲載の多い作者は、井上草加江三八句、片山桃史三三句、安住あつし三〇句である。堀内薫がこの集から参加している。後日、京大俳句弾圧事件に連座して検挙されたひとりとなった俳人である。

＊第四詞華集『艦橋』（昭和十三年十一月二十五日・旗艦発行所）日野草城選輯　草城序詞一頁　本文一四六頁　一頁一〇句組　索引三頁　枡形版　天金　箱入　定価一円五十銭

奥付に「旗艦年刊句集二五九八年版」「旗艦叢書第六篇」とある。本集から西暦表記が消えて、皇紀表記となっている。草城の序言は詩のスタイルをとっている。「われらの新興艦隊は　既にここまで來た／艦列にいささかのみだれもなく／速力は加はるばかりである」編集は作者別五十音順。一五二名が入集。

入集者の顔ぶれに変化が見られる。突如現れて高い評価を得る。草城の選の柔軟性を示すものだろうか。

風邪心地ゆふべ眞白き帆が歸る　故　茜谷紫行
柿啖へばわがをんな少年のごとし　安住あつし
角砂糖の白き翳見て黙しゐる　井上草加江
秋の日の中で時計を聽いてゐる　指宿　沙丘
應召の兵とその妻氷嚙む　片山　桃史

秋の晝ぼろんぼろんと艀ども　神生　彩史
一天の暗きに馬のにほひけり　神木　三郎
働きたい服が憮然と垂れてゐる　久保田穂波
サンタクロースが今年は來ない子を思ふ　菅西　丹吾
陽だまりにをれば内閣倒れけり　富澤赤黄男
蜜柑咲き月夜の海が高くなる　丹生夭之介
月昏し機銃怫然として忿る　日野　草城
きりぎりす晝が沈んでゆくおもひ　藤木　清子
あきかぜにひようひよう氷截る男　古川　克己
悔恨のおびただしき黄の花が咲く　水谷　碎壺
驟雨去りかがとを高く女ゆけり　棟上碧想子
頼朝の墓あり近く虚子老いぬ　八幡城太郎

この集から、藤木清子、古川克己、八幡城太郎が参加している。上位は、菅西丹吾六〇句、茜谷紫行四七句、井上草加江四二句、富澤赤黄男四二句、安住あつし四一句、片山桃史三九句、神木三郎三五句、棟上碧想子三二句、神生彩史二九句、丹生夭之介二二句。今日では忘れ去られた俳人もいる。作家の評価として、今後丁寧な掘り起こしがされてもよいのかもしれない。

＊第五詞華集『砲塔』（昭和十四年十月二十日・旗艦発行所）日野草城選輯　草城挨拶一頁　本文一六二頁　一頁一〇句組　索引四頁　枡形版　天金　箱入　定価一円八十銭

奥付に「旗艦年刊句集二五九九年版」「旗艦叢書第七篇」とある。草城の挨拶には「その後の情況はわれわれにとつて必ずしも有利にのみ展開したとは申せません。しかしわれわれは一意訓練の精到と戰果の拡大とを心がけてたゆまなかつた次第であります」と、それまで声高らかに進軍のみを告げてきた言葉とニュアンスが違ってきている。「各個に射ち方始め！」と結んではいるが、かつての晴朗性が影をひそめる。編集は作者別五十音順。一九九名が入集。

滿愚節に戀うちあけしあはれさよ　安住あつし
花ぐもりにんげん赤くうまれたり　井上草加江
虫の夜の洋酒が青く減つてゐる　伊丹三樹彦
父のねるころより柚子に月照れり　有城　郭二
ヘッドライトの照射の中にある屍　内海　良平
路地ふかく耳朶ちさき妻と寝る　加藤　覺範
我を撃つ敵と劫暑を倶にせる　片山　桃史
くるぶしのしづけさ人を戀ひわたり　神生　彩史
暑き夜の四肢をばらばらにして睡る　久保田穗波
雪ふかし汽關車の焔に照さるる　白城　四郎

醫師征きぬ施療病院の坂を下り　菅西　丹吾
落日をゆく落日をゆく眞赤い中隊　富澤赤黄男
手袋の眞白なる擧手をして征けり　日野　草城
元日のそらみづいろに齒をみがく　藤木　清子
口下手の勧誘員になるべきか　村田　有路
血を喀きし朝なり友の死を聞きぬ　渡　環

この集から伊丹三樹彦が参加している。入選句の多いのは、神生彩史四一句、内海良平三九句、藤木清子三八句、白城四郎二九句、有城郭二二七句、井上草加江二六句、村田有路、加藤覺範、片山桃史、相馬尉が二一句。戦争俳句及び療養俳句が目につくようになってきている。富澤赤黄男は一句のみの入集である。

＊第六詞華集『巡航』（昭和十六年九月一日・旗艦発行所）日野草城選輯　草城序一頁　本文一一二頁　一頁六句組　索引三頁　四六判　天金　箱入　定価二円
奥付に「旗艦年刊句集二六〇一年版」「旗艦叢書第九篇」とある。前集との間に一年のブランクがあるが、草城が「序」で「ここに収載されたものは『旗艦』昭和十四年の業績である」と述べているので、昭和十五年には詞華集の刊行がなく、第五集に続く集であることが分かる。それより何より最初に紹介した「旗艦」のプロフィールでお解りのように、この集の刊行時期には、「旗

艦」は既に終刊しており、日野草城も俳壇を退いている。かつ、この間に新興俳句弾圧事件が起こっている。「旗艦」の詞華集が刊行できなかった故も推察される。むしろ、終刊後になっても詞華集を刊行する執念に驚かされる。草城は既に退いているので、総ての実務を発行者の水谷砕壺が取り仕切ったに違いない。草城の「序」にも苦渋が滲む。「俳句の世界に於ける曩の日の分立は、今日の同和を致すためのものであつたことがいまこそ明らかに了解される」と記す。実質の退却宣言である。編集は作者別の五十音順。一二五名が入集。

清貧に馴れ女の子欲しき妻　井上草加江
にんげんの聲わんわんと蝌蚪暮るる　伊丹三樹彦
生き得ては花購ふ刻のたのしさよ　板垣鋭太郎
夕凪の白き莨に火を點けぬ　太田　鬼堂
千人針はづして母よ湯が熱き　片山　桃史
春蟬よ厨に妻の手が濡れる　神生　彩史
夕暮れの疊があをく雪降れり　久保田穂波
白菊に山寥々とこむらさき　土岐錬太郎
やがてランプに戰場のふかい闇がくるぞ　富澤赤黄男
ひとづまにゐんどうやはらかく煮えぬ　丹羽　信子
棺に入るる老眼鏡の曇りを拭く　林　政之介

杉むらのうす闇の青き春日かな　日野　草城
くろかみの重たく癒えて蝶ひかる　藤木　清子
金色の酒こぼれ落つ武勲の手　堀内　薫

本集から板垣鋭太郎、土岐錬太郎、丹羽（桂）信子が参加している。圧倒的な入集作品の作者が影をひそめている。井上草加江一九句、太田鬼堂一八句が目に付く程度である。十句を超える入集者はいるが、その数も多くない。一句の掲載であるが、堀内薫がいることに驚く。本集は俳句弾圧事件の後の刊行である。昭和十四年作品なので、弾圧以前に「旗艦」に掲載され、草城の選も既になされていたのであろう。検挙されたことを理由に削除する忖度などしていない。水谷砕壺の矜恃を感じさせる。

＊第七詞華集『登舷禮』（昭和十八年十月一日・琥珀社）水谷砕壺選輯　水谷砕壺序一頁　本文三一一頁　一頁六句組　索引五頁　四六版　箱入　定価三円　限定三〇〇部番号入

手許にあるのは三番本。奥付に「旗艦年刊句集二六〇三年版」「旗艦叢書第八篇」とある。前詞華集に「第九篇」とあるので誤記である。（註2）砕壺は「序」で「創刊以来六歳半、『旗艦』の新風が舊套なる俳壇に如何に清澄の氣を與へたか、われわれは今ここに『旗艦』のその数ある功績を論ずる暇をもたない。大東亞聖戰下眞に意義あるこの國の俳句を詠ひあげることがわれわれ刻下の念願である。『旗艦』最終年刊句集としてこの一書を世に贈り、われわれは更に将來に向つて大いなる意志と熱情をもつて逞しき歩を進めていかう」と書く。「旗艦」終刊から二年半を経て、最後の一年半（昭和十五・十六年）の作品を刊行して終えようというのである。既に草城は去り、「旗艦」はなく、後継の「琥珀社」からの刊行である。碎壺を中心に据えた論を管見にして知らないが、作家としては元より新興俳句運動の大切な存在として再評価されてよいと思う。戦後も「太陽系」「火山系」「詩歌殿」の発行に関わり、新興俳句の血脈を戦後に繋ぐ仕事をしている。昭和一八年に刊行する志もさることながら、「旗艦」から被弾圧者を出さない（堀内は「京大俳句」に関わっての検挙とされる）運営手腕もその裏面にあるだろう。「大東亞聖戰下」以下の件だけでなく掲載者の上に「故」を附し、下に「出征」を附した作者が多くいる。情報としても意味あることながら、文句のつけようのない聖戦協力を演出している。掲載は作者別五十音順。入集者は最大の二八三名。「旗艦」が大きくなる途上での終刊だったことが分かる。

秋風の鳥高ければ影もなき　井上草加江

敵前上陸日に日に近し碁に耽ける　内海　良平

生きることたのし霜夜の茶をいれる　長田喜代治

をんなありき卵のごとかなしかりき　川島　水鶏

雪の鎮青き葱分《わ》配《か》つは曹長　片山　桃史

部屋秋陽夫の匂ひの衣をたたむ　桂　信子

子と繪本見る生還の夜を雪　白鳥　一水

平凡な母でありたし落葉ふる　高島　文子
ほろほろ鳥子なき吾らに視られける　谷　美音子
砲撃てりその時冥く夕立來ぬ　寺田　立櫻
蝶墜ちて大音響の結氷期　富澤赤黄男
蟬の殼落暉ぞ美《は》しき少年期　並山　攝
黒松に忿りなき母となりたまへり　永田　軍二
奈良の雨降りしきりけり子の傘に　日野　草城
書に倦みて緋鯉恍惚と見たり冬　火渡　周平
まひるましろき薔薇むしりたし狂ひたし　藤木　清子
ああ極暑つひに死にえず泳ぐなり　細木　秀彌
春天のポプラの下に余暇ありぬ　堀内　薫
吾子逝きし八月の來る暑さかな　三木　登仙
わが孤獨しんしんと獨樂澄めりけり　故南島　榮
大寒の朝のカレーを日々地下に　村林　彩史
鬪病の日誌日覆のうちに書く　本島　高弓
落葉いそぐ橅をゑがきて歸りきし　八幡城太郎
黄菊より虻むらさきに現れにけり　吉田　忠一

夜間飛行童子宿題せずねむる　鷲巣　繁男

本集より永田軍二（耕衣）、火渡周平（註3）、本島高弓、鷲巣繁男の参加が確認できる。村林彩史は神生彩史。耕衣は姫路文学館の図録『俳人 永田耕衣展』が昭和十一年頃の投稿を示唆しているので、早く「旗艦」への投稿の実績があって、詞華集に落集している可能性もある。作品掲載数が多いのは、片山桃史、富澤赤黄男、並山攝、日野草城の二〇句、井上草加江、谷美音子、三保鵠磁の一九句。碎壺は自選句を入集させていない。草城も自制的な自選であったので、多数句の入集は、碎壺選ではじめて可能になった。

七冊を通して最も掲載数が多いのは、井上草加江であり、「旗艦」の代表的俳人として再評価されてよいだろう。なお、戦後、草加江は一時中断の後、鯉屋伊兵衛の筆名で「天狼」同人として活動し、遺句集『偏在』を残している。

註1　後の年度版表記は、刊行年によるので、ここで表記が変更されたと考えるべきだろう。
註2　旗艦叢書の正しい番号は次のとおりである。1『新しき雲』2『航跡』3『噴水』（喜多青子句集）4『射程』5『窓』（笠原静堂句集）6『艦橋』7『砲塔』8『まづしき饗宴』（安住敦句集）9『巡航』10『風痕抄』（古川克巳句集）11『登舷禮』。なお叢書番外に『天の狼』（富澤赤黄男句集）が存在する。
註3　筆名・津路章人で、『艦橋』に五句、『砲塔』に七句の掲載あり。「ビール酌む父をあはれみ吾が酔へり」「木々枯れぬ爆音は地を明るくせり」

上州風物詩と多行形式——富澤赤黄男「戦中俳句日記」

Ⅰ

群馬の俳句について調べる仕事をしたことがある。編纂書として『群馬文学全集』（第三巻・第十三巻）（土屋文明記念文学館・平成11・14年）に纏め、解説として『群馬の俳句と俳句の群馬』（みやま文庫・平成16年）に纏めている。その仕事の参考文献の一つに『群馬の文学』（群馬県文学会議編）（煥乎堂・昭和47年）があった。これは群馬県教育委員会が「県民の芸術文化向上をはかるための振興策」を企図、出金し、群馬県文学会議に委託してなったものである。近代以降の物故者で群馬出身及びゆかりの文学者とその作品を紹介する。俳句関係は四十人が取り上げられ、前山巨峰、相葉有流、吉田未灰、楠部南崖らが編集に当たっている。

この四十人の中に、富澤赤黄男がいる。次の一句を掲載する。

孤り昏れて風と壁とにつきあたる

「脚注」に「『季語』のない作品であるが、上五、中七、下五のことばに寒むざむとした季感がある」とあるだけである。赤黄男の作者紹介欄には「昭和二十六年十月二十七日来県し伊勢崎市に一泊した」と書かれている。しかし、私の乏しい調査力では、この裏付けが取れなかった。*幾つかある参考文献の中で、富澤赤黄男に触れているのは、唯一この資料だけであり、管見の赤黄男の資料からもそれをうかがわせるものが発見できなかった。編集委員の中の誰かの実見に基づくものかと推察はできるが、それを裏付ける客観的な資料がなかったのである。したがって、前述の私の仕事では、赤黄男に一行も触れることができないままとなってしまった。

私はこの昭和二十六年に惑わされてしまっていたらしい。あるときこの句の所収場所に気が付いたからである。

風の歌

ふりむいてみるだれもゐない白い秋　＊
この軌道《レール》の果に繁華な町がある　＊
このみちのたつたひとつのびしよぬれの灯
蓑蟲は孤獨で遠ざかりゆく雷　＊
孤り昏れて風と壁とにつきあたる　＊
一匹の黒い金魚を飼ふて秋　＊
落日のいそぎんちやくはなにつぶやく　＊＊
秋の日が墜ちる駱駝はかんがへる　＊

戦後の再版『天の狼』（天の狼刊行會・昭和26年）の巻末、「窓二つ」二句の前に置かれた「風の歌」八句の内の一句である。戦前版『天の狼』（旗艦発行所・昭和16年）には収録されず、戦後版に追補された作品である。戦後の追補といっても『天の狼』の追補である以上、昭和十六年以前の作品と考えるのが妥当だろう。それ以降の作品であれば、『天の狼』以後十年の句集『蛇の笛』（三元社・昭和27年）に収めるべきものだからである。

題名「風の歌」には、風の国である群馬の趣がないでもない。そして、作品的に最初から五句目まではそのように読めるが、残り三句はいささか趣が違うようである。これらの作品はどこからやってきたのであろうか。

『定本・富澤赤黄男句集』（富澤赤黄男句集刊行会・昭和40年）には、巻末に初出を知る「補注」及び「拾遺」がある。それによれば、＊印の六句は「魚の骨」（『現代俳句第三巻』河出書房・昭和15年）に収録されたものである。＊＊印の一句は未発表で、再版『天の狼』で初出の作品である。（ただし、「孤り昏れて」「この軌道」の二句は、誤ってどちらの初出にも挙げられているが、ここでは早い刊行の「魚の骨」としている）。また、印のない一句「このみちの」は最も早く「旗艦」（昭和11年6月）の初出である。「魚の骨」では、「駱駝」句は「駝鳥」五句の中の一句である。「ふりむいてみる」「この軌道の」は「このみちの」とともに「雑唱」九句の内の三句である。「孤り昏れて」「蓑蟲は」「一匹の黒い金魚」は「雑唱」（同タイトルだが別題）十九句の内の三句である。

八句中七句は「魚の骨」収録句であり、収録部立てを組み替えて掲載したものと言える。最初から「風の歌」という題で作成されたものではなく、再版『天の狼』出版に際して八句に組んだものであろう。

これでは風の国群馬が消えるばかりか、昭和二十六年の来県も、作品とは直接関わりのない出来事にしか過ぎなくなる。この作品を群馬来訪の作とするには昭和十五年以前の来訪が裏付けられなければならない。これは赤黄男の動向を年譜に探る限り不可能のように思われる。昭和二十六年の赤黄男来県はあったとして、それに似つかわしい赤黄男の句を、『群馬の文学』編者が選んだと考えるのがよいように思う。折しも、昭和二十六年十月来県の四月に再版『天の狼』は刊行されている。この「風の歌」を、群馬の句に読み替えたと推測するのがいいかもしれない。（あるいは赤黄男が請われて群馬に似つかわしい句と考え揮毫したようなことがあり、それが当時は伝聞されていたのかもしれない）

Ⅱ

川名大の『戦争と俳句』（創風社出版・二〇二〇年）に、資料として「富澤赤黄男戦中俳句日記」（川名による仮称）が翻刻掲載されている。川名によれば、赤黄男の「日記」（俳句と文章）は三冊確認されているという。一冊目は「佝僂《くる》の芸術」で、昭和九年九月二十日から十二年九月九日までのもの。三冊目は戦後の「雄鶏日記」である。「佝僂《くる》の芸術」は抄出形で、川名大『昭和俳句の検証』（笠間書院・平成27年）に翻刻掲載されている。「雄鶏日記」は「太陽系」創刊号（昭和21年5月）から「火山系」第五号（昭和24年4月）に連載された後に『富澤赤黄男全句集』（書肆林檎屋・昭和51年）の別冊版となっている。

二冊目の「戦中俳句日記」のみが纏まった形で発表がされていないなかったのを、『戦争と俳句』に翻刻掲載することで、その全貌が分かるようになったのである。

そこで該当期間にあたる「戦中日記」を参照したのであるが、散文による動向にも俳句作品にも、参考となるような記事は見あたらなかった。むしろ、年譜に加えて来県のなかったことを裏付ける資料となりそうなのである。

しかし、ここで新たな句に出会うこととなった。

上州風物詩

立ちならむ桐の木さみし二日月　＊
秋もをはりの赤城の雲よ焦げよ焦げよ
赤城より発する水の音ときく　＊
葱畑の青むらさきの秋の翳　＊
夕焼けの冷めゆく空の柿ひとつ　＊
上州や鈍《にび》いろの雲　暮れのこり　＊

「上州風物詩」と題しているので、これは最初からこのテーマで書かれた作品である。前頁の「鶩」と題する八句の前に「十一月二十四日　琥珀へ」とある。『定本・富澤赤黄男句集』の「拾遺」で確認すると、昭和二十年一月の「琥珀会報」に、＊印の句の掲載が確認できる。（「拾遺」によれば、戦中最後の発表である）「秋もをはり」の一句のみ不掲載である。これは赤黄男の自選による結果であろう。昭和十九年の秋、十一月二十四日以前に赤黄男は、群馬を訪問していたと考えて差し支えない資料だろう。句中に明瞭に「赤城」の名があるにもかかわらず、美事に見逃していたのである。

なぜ、赤黄男と群馬の関係にこだわるのか。冒頭の解けない謎かけが切っ掛けではあるが、『群馬文学全集』『群馬の俳句と俳句の群馬』の仕事以降に、赤黄男資料に関わることがあったからである。新井哲夫氏蔵の富澤赤黄男資料を、土屋文明記念文学館に子息亜夫氏が寄贈するに際して、翻刻等のお手伝いをさせていただく機会があった。その翻刻と解説は、「富澤赤黄男資料新井哲夫宛書簡　翻刻資料及び解題」として「鬣 TATEGAMI」第34号（平成22年2月）で紹介させていただいている。新井哲夫は、赤黄男が大正十五年四月に国際通運東京本社に入社した際の同僚である。哲夫は一九〇四（明治37）年生まれで、明治三十五年生まれの赤黄男よりも二歳年下であるが、旧制中学卒業で大学卒業の赤黄男よりも早く入社している。二人が一緒に勤務していた期間は短い。年譜によれば、同年十二月には赤黄男は応召し、翌年十月に除隊。しかし、その翌年には大阪支社へ転勤している。哲夫も家業を継ぐために、前橋に帰郷している。同僚としては、正味で一年も共に働いていたかどうかの関係である。しかし、最も息の合う長い友人となったようである。その関係の中で、それぞれ違う環境に身を置くことになったために、書簡の交換が行われた。哲夫宛の書簡は、まさにこの期間の戦地からのものをメインとしている。川名はこれを赤黄男の戦地転戦の推定資料として援用している。この資料の存在を知り、哲夫の存在を知って、先述の昭和二十六年の来県には、哲夫が関わっていたのではないかと思うようになったからである。哲夫は、俳句こそ詠まなかったが、地元の総合文芸誌「風雷」に関わり、草野心平や萩原恭次郎とも交流のあった人物である。『群馬の文学』の俳句部門の編集員に来県の情報を提供することも、赤黄男入集の働きかけも可能だったのではないかと考える。点としてあった謎の記述は依然謎のままであるが、その謎の裏面の推測はつくように思えるのである。

戦火が身近に及んできた昭和十九年の秋、赤黄男がわざわざ群馬を訪問したのも、哲夫の存在があったからに違いないと想像する。赤黄男にしては凡庸な作とも言えるが、寂寞とした中にも上州の国褒めの思いも感じられる。それは哲夫との関係がこの句の裏面にあるからのようにも思われる。赤黄男にとって、上州が特別な地であったとすれば、それは哲夫への特別な思いに基づいているのだと思う。

赤黄男の「戦中俳句日記」の昭和十五年八月三十日の項に、新井哲夫に言及した次のような記述がある。

○昨日は、新井哲夫君から来信があつた。広島の方へ出して呉れたのが、「府中町」を書き落してゐたのだからおもしろい、転々と遅れて漸く昨日手に入つた。広島から送つた僕の「現代俳句」の御礼と簡単な批評が書き述べられてあつたが。矢張り新井哲さんの昔のままを感じることが出来る手紙であつた。一度早く会つて話したいと思ふ。

また、九月二十三日には「前橋の新井兄、並木摂、三木閣下、鈴木八郎氏へ御手紙を差上げる」

とある。この日付の手紙は、寄贈された新井資料に残されており、確認できる。八月二十三日記述の手紙の返書であり、近況を述べた後に、次のように言う。「お暇の節是非上京して下さい。相変らず詩とか文学とかいつてやつてゐます。そしてその上食ふためにいかにサラリーマンにならうかと考へてゐます。是非上京して下さい。そして上京の折は、お一報下さい。待つてゐます」

これに対して、新井哲夫は「富沢赤黄男のこと」（「風雷」第17号・昭和43年10月）で「私は四ツ谷の彼の家を尋ね、ゆっくり話すことができ、近所の写真屋で写真を撮って別れた」と書いている。また、その写真も残されており寄贈資料に含まれている。恐らく十月か十一月くらいには、再会しているものと推測される。

「俳句日記」には、もう一カ所、哲夫の名前が出て来る。翌十六年八月十二日に「手代木唖々子、新井哲夫氏、第一公論安本氏、八幡城太郎氏 坂口有漏男氏より礼状来る」とある。これは『天の狼』寄贈に対する礼状である。『天の狼』の奥付は昭和十六年四月二十五日となっているが、八月五日に「『天の狼』が愈々出来上つた」とあるので、実際は三ヶ月以上遅れて刊行されたのである。従って、礼状の記述が八月に頻出している。哲夫は「私は彼の句を今も時々愛誦している。静岡手すき和紙の句集『天の狼』は殊に好ましい」（前出）と書いている。これは「家蔵限定版」であり、寄贈資料に含まれている。川名によれば、「家蔵限定版」の存在が確認されたのは、新井資料においても初めてなされたものの由である。

「戦中俳句日記」は、同年九月二十八日の「再度の応召、勇躍出発した」を以て、所謂日記部分は終了し、以後は俳句の記載があるだけである。年譜によれば、赤黄男の動員が解除されたのは、昭和十九年三月である。日記の記述はないが、先の「上州風物詩」は、この帰還の後に再び哲夫と再会を果たした折のものと考えるのが自然であろう。

哲夫は、赤黄男との最後の面会を次のように書いている。

昭和三十七年の始め、芝田村町の彼が社長になっている化成会社を訪ねた。私達は食事をしながら長い時間話し、旧交を温めた。

しかし、群馬でゴルフを楽しもうなどと約束したのに果すこともできずに、彼は突然、三月七日に死んでしまった。

私は社用出張中で会葬できなかったことを残念に思っている。

暑中見舞を一人娘夫婦と一緒にいる筈の清子夫人にだしたが、転居先不明で戻ってきた。

赤黄男の晩年まで交流が続いていたことが確認できる。昭和十九年、二十六年の群馬にかかわる記述は、哲夫抜きには考えられないだろうと確信する。

Ⅲ

もうひとつ「戦中俳句日記」は、私の失念を知らせ認識の誤りを訂正させてくれた。例えば、次のような句がある。

落日をゆく
落日をゆく
真紅い中隊

＊

人も
馬も
砲車も
麦の穂も　尖《とが》る
烈風

「蒼い弾痕」（十二年 十四年）と題された作品の中にある。「蒼い弾痕」は『天の狼』の章立ての名前の一つ。赤黄男の出征期間中の作品である。共に一行表記作品として、前者は「旗艦」（昭和13年8月）に、後者は「旗艦」（昭和14年3月）に掲載されている。「真紅い」は「真赤《あか》い」、後者は最終行にあたる句が「麦の穂も昏るる」となっている。『天の狼』には共に落集した作品である。川名はこれらを「旗艦」からの転記か、ノート（皇軍戦線日記など）からの転記の可能性を指摘している。しかし、「旗艦」不掲載の句も含むことから考えれば、「旗艦」からの転記の可能性は低いと思われる。「旗艦」からの転記であれば、前掲の句は、一行で表記されているはずである。作品が発表に較べてやや前後することがあるなどとあわせて、転記されたものであることは間違いないと思われるが、発表以前の形そして何より多行表記を含むことから、ノートの類の草稿を転記したものと考えるのが妥当だろう。かつ、転記の「日記」を使って、更に推敲を重ねたものとも思われる。そして、瞠目するべき点は、何より俳句の文体が多行で発想されたものであることだ。この多行表記の方が、「旗艦」発表の一行表記に先行する表記であることはほぼ間違いない。

先に認識の誤りと書いたのは、赤黄男の多行形式は、戦後の高柳重信達若い世代の試行に同調する中で書かれたものと思い込んでいたことである。先に『俳句詞華集　多行形式百句』（風の花冠文庫・令和元年）を編んだが、それは荻原井泉水に始まる多行表記の作品をある程度時間の流れを追って総覧できるように配慮したものであった。そこには次の赤黄男の作品を載せている。

風　風　風
　骨止む
黒い蟻の埋葬

これは重信達の雑誌「群」（昭和22年9・10月）に発表されたものである。重信達は「群」（4・5月）に「提議」を掲げ、多行表記の試行を始めている。言わば、その潮流に和する形で、赤黄男は多行作品を書いたと認識してしまっていたのである。『多行形式百句』を編むにあたって、赤黄男の多行形式を読んだ記憶は鮮明だったので、是非収録したいと思ったが、メモや記録を採らない私は前述の思い込みから、「群」の作品を最初のものと決め込んでいたのである。もちろん、「戦中俳句日記」の表記など知る由もないが、『定本・富澤赤黄男句集』の「拾遺」が、それを訂正するものだったことをすっかり失念していた。新井資料寄贈の資料作成の際に読んでいたはずであった。「戦中俳句日記」に遭遇して、ようやく蘇ってきたのである。

春は
渡し舟、
……
白い鶏ものつて渡る

＊

火を噴く山ははるかにて
……
草の芽

戦中の「琥珀」（昭和17年5月）に掲載された作品である。また、戦後にも『蛇の笛』に一行作品として掲載された作品が、「山湖は／かみそりいろに／暁の蝶」「春昼の／つめたく酸ゆき果実／かな」（共に「太陽系」昭和21年9月）と多行表記で発表されている。『蛇の笛』未収録の「むらさきの、匂袋の／十三夜。」（「太陽系」昭和21年10月）という作品もある。（／は改行を示す）これらは重信達の「提議」による多行形式試行以前の作品である。発表作は少ないが、これらの赤黄男の多行表記作品が、逆に重信達の多行試行開始のヒントになった可能性があるだろう。

確認できる赤黄男の多行表記の最も早いのは、前述の「日記」中の「落日をゆく」である。この句は一行でかつ「真紅い」が「赫い」の表記で、昭和十三年一月一〇日付の哲夫宛葉書に記されている。この時期に既に多行形式の試行を赤黄男は行っていたと推定できる。吉岡禅寺洞の多行形式は、昭和十年五月の「天の川」に始まる。赤黄男の多行とのタイムラグは二年ほどしかないことになる。「年譜」によれば、赤黄男は当時の「天の川」に寄稿も行っており、禅寺洞の多行表記も承知していたはずである。多行の作品発表は、昭和十七年まで待つとしても、直接の影響を受けた可能性は否定できないだろう。

もちろん、重信達も禅寺洞の多行を承知はしていただろう。しかし、その試行とは断絶したものと思われていたが、赤黄男を介した地下水脈では、繋がっていた可能性もあるだろう。

Ⅳ

「戦中俳句日記」によれば、赤黄男は昭和十五年九月に集中して、次のような作品を書いている。除隊となって帰還している時期である。

断崖を
絶壁を
かの青龍刀の如きジヤンダルム、を

＊

風にゐて花の遠く。

闇にゐて影の近く。
灯をともして幻も無し。

＊

海に溢れる
魚の卵。
島の上に。
肉体はまろくなる。

＊

氷壁にとぢこもり。
あー。
ピストルを発射せよ。

これは多行の「俳句」形式であろうか。それとも「短詩」と呼ぶべきものであろうか。それぞれ、〈眼〉〈追憶〉〈暖流〉〈寒流〉の題が付されている。多行表記は、俳句の三句体の韻律を異化する方法を内包する。幻の三句体の韻律の切れを／で示せば次のようになるだろう。「断崖を絶壁を／かの青龍刀の／如きジヤンダルム、を」「海に溢れる魚の卵。／島の上に。肉体は／まろくなる。」「氷壁にとぢこもり。／あー。ピストルを／発射せよ。」発想の根底に三句体としての俳句形式があるだろう。これらの方法は重信達の方法にも存在する。しかし、「風にゐて」は、三句体を思わせる三行表記ながら、三句体の俳句の韻律に還元できない文体である。赤黄男の多行形式による俳句の臨界確認の試行と言えるとともに、赤黄男の俳句形式の外延とその外にあるものを知る手懸かりとなるものだろう。

ちなみに高柳重信の俳句臨界確認の作業は次のようなものであった。

火薬庫裏の
墓標らに
籠の鸚鵡の
〈おやすみなさい〉

＊

泣癖の
わが幼年を背に揺すり
激しく尿る
若き叔母上

『蒙塵』の二十六字歌と三十一字歌である。二十六字歌は短歌体の初五を省略したものであり、三十一字歌は短歌体そのものを用いたものである。短歌の韻律が支配する中に、俳句の三句体の気息を重ねようとする試みである。「火薬庫裏の墓標らに／籠の鸚鵡の／〈おやすみなさい〉」「泣癖のわが幼年を背に揺すり／激しく尿る／若き叔母上」のように、多行表記を使って、俳句の三句体の気息を掘り出そうという試みである。『歌』と言い、遅れて『蒙塵』に収録された経緯から、重信がこの試みに成功したという自己評価はしていなかっただろう。しかし、重信の俳句形式の外延とその外を知る手懸かりとなろう。そして、この師弟の自ずからなる違いも分かるように思われる。赤黄男は短詩と境界線を持ち、重信は短歌に境界線を持っているようだ。

赤黄男は、前述の試行を行っていた時期の十五年九月二十一日に「日本伝統の美しい詩をあくまで正統に伸展せしめねばならぬ」と書きつけている。磯田光一は、高柳重信を「様式主義の司祭」として、「様式への偏固なまでの執着を持つがゆえに、俳句を詩（現代詩・林註）に近づける方法論にも対立してしまう」「高柳重信もまた保守派なのである」（『現代俳句の世界14　金子兜太　高柳重信集』朝日文庫）と論じている。俳句の「詩美」を求める視点において師弟は共通し、俳句形式の認識を共有しながら、その違いも明らかなように思われる。重信の方が、より保守的なのかもしれない。しかし、二人ともその方法を現代詩の方法へ解消しないで、俳句形式の内に留まろうとしていることは間違いない。もちろん、重信たちの方法を安易に現代詩と比較して、その変法のように論じるのは浅慮という以外にないだろう。

＊富澤赤黄男邸の家事手伝いとして働いた相澤礼子氏が、その出会いを「昭和27年頃」としつつ、赤黄男を招いて伊勢崎で八十人位参加の大きな句会であったと述べている。高柳重信も同道している。（「いい人ならば句がよくなるよ—富澤赤黄男邸にお手伝いとして」「鬣」86号・２０２３・２）。相澤氏の記憶と一年の違いはあるが、この句会が該当するか。

吹雪く芦――岩田雨谷「貧しき夕餐」

I

『篠原鳳作全句文集』（沖積舎・昭和55年）の文章編で、篠原鳳作が論評した一句を深く心に留めている。

貧しき夕餐

吹雪きゐる芦を洋燈《ランプ》に感じつつ　岩田　雨谷

「天の川俳句鑑賞」（「天の川」昭和10年6月号）で、鳳作が論評したうちの一句である。思わず「佳句！句もよし、鑑賞もよし」と書き込んでいる。新刊本で購入して読んだので、四〇年前の感想である。そして、この書き込みの記憶が、私の印象を長く保存、定着させてきたのだろう。その鳳作の鑑賞を引く。

此処はとある淋しい住居。ランプの淡い光がテーブルの上を黄色く染めてゐる。僅かばかりの皿が並べられし親子二人のまづしい夕餉である。
　後ろの壁には黙々として食事をしたためてゐる老いたる母親の影が大きくうつつてゐる。ランプの心がジイジイ細い音をたててゆらめきやまない。戸外は吹雪があれてゐるらしい。明るくなつたり暗くなつたりするランプの心とそのささやき。じつと其を見つめてゐると遠い湖辺の枯芦の上を吹きまくつてゐる吹雪の様子が目に見える様な気がする。子供はランプの心の嘯く毎に何物かにおびえてゐるやうな目付をしてフォークを止めて戸外へ耳をすましてゐる。

（略）

この句に於てはランプのまたたきやまない黄色い光と其の囁きが直ちに「吹雪いてゐる芦」の象徴になつてゐる。

（略）

兎も角、吹雪きゐる芦をランプに感ずるなんて何といふ鋭い渋くみがかれた感覚だらうか！
僕はこの句を読んだ時目が覚めるやうな悦びを感じた。雨谷といふ人の真の相貌に接したやうな気がした。
僕はこの句に於て輝しい雨谷氏の未来を画いてゐる。
雨谷氏は又すぐれたる無季俳句の作者である。

　海晦く飛《し》沫《ぶ》きて工場地帯果つ

硝子戸に歪める落暉工場裏
オリオンと北斗の底にまりて寝る

何れも完成されたる無季俳句と云つてよからう。

無季俳句に対する最後的非難として残るであらう所の疑惑は「豊富なる聯想の世界を持つ季題を棄てて了つては俳句なるものが極めて余情に乏しい浅薄なものになりはしないか」と云ふ事であらうと思ふ。

然し其は作者の感覚、心境並に表現力が低い程度にとどまる時のみ起るべき欠点である。

雨谷氏の右の句の如きは何れもこの難点を遙に乗り越えて「高き無季俳句」の厳然たる存在を主張してゐる。


鑑賞部分を越えて引用したのは、この時期が鳳作にとって意味を持つからである。吉岡禪寺洞は昭和十年四月号の「天の川」に、無季俳句作品欄「心花集」を設け、無季俳句に大きく舵を切った。その巻頭は鳳作である。また、鳳作が先頭に立って無季俳句の論陣を張っていた時期である。鑑賞の後半は鳳作の問題意識に引きつけられているのだ。従って、ここで高揚感に満ちた鳳作の論調は、優れた同道の無季俳句作者を発見し、推挽する思いによるものであろう。論のみでは進まない。すぐれた作品の実践が伴わなければならない。鳳作は雨谷にその作品を見たのである。

これによって、私の認識は、岩田雨谷は「天の川」による無名の無季俳句作者であり続けた。無名と判断したのは、浅学の私には、他で雨谷という作者に出会った記憶が残らなかったからである。句の印象は残っていても、やがて名前を忘れてしまっていた。

しかし、あるとき、無名にしても一冊の句集くらい出版しているかもしれない、あれば読みたいと思いついて、ネットで検索をしてみた。ここまで雨谷も知らなかったのかと笑いながら読まれた方もいるだろう。そう、岩田雨谷は無名の作者ではなかったのである。私が無名と思い込んでいただけである。そして、その思い込みによって調べようとしてこなかったにすぎなかったのだ。

雨谷は、岩田潔の別号だったのである。手許の事典で最も詳細なのは『現代俳句大事典』(三省堂)である。引用しよう。執筆者は瓜生鐵二である。

岩田潔　一九一一・七・三～一九六二・二・二四
北海道生まれ。旧号、雨谷。大阪・四日市・名古屋等の税関に勤めた。詩作から出発し、「青垣」「詩風土」等の同人となる。昭和初期「泉」に拠り、山本梅史に師事した。当時〈ギヤマンに葡萄溢れつ祭宿〉(『東風の枝』)の句を残す。その後、「旗艦」「天の川」「雲母」と転々とし、評論を掲載した。戦後は無所属で評論、随筆に筆をふるった。大浜煉炭社に勤務中、ガス中毒で逝去。句集に、『東風の枝』(一九四〇・一〇　三省堂)、『女郎花』(四七・一　臼井書房)があり、俳論集に、『現代の俳句』（四一・一〇　ぐろりあ・そさえて）、『俳句の宿命』（四三・七　七丈書院）、『俳句静思』（四六・六　臼井書房）、『俳句浪漫』（四七・一〇　同前）、『俳句への愛と憎しみ』（四九・六　同前）等があり、詩壇の動きも視野に入れた文学的な考察に特色がある。

『東風の枝』は、三省堂の俳苑叢刊の一冊である。何のことはない既に所蔵していたではないか。巻末の略歴「自傳」を見ると「明治四十四年七月三日、函館に生る。爾後父の職業（船員）の関係にて、横濱、神戸、大阪の各地に轉住す。税関に勤めてゐるころ、津で三年を過す。現在は、父の生れ故郷たる三河の國大濱港に落着いてゐる。十数年前より詩を作り、その傍ら句作す。いまでは、どちらが本技で、どちらが餘技なのか區別つかず。句は、手ほどきを今は亡き山本梅史先生にうけ、現在は飯田蛇笏先生に師事す。著書としては、評論集『現代の俳句』を昭和十四年秋、東京ぐろりあ・そさえて社より刊行した。なほ未刊のものに、詩集『草原』、評論感想集『俳句の宿命』がある」とある。

「旗艦」や「天の川」関係の記述はない。これで見る限り、「雲母」による蛇笏門の俳人としか読めない。雨谷の名もない。鳳作は、先の鑑賞文を書いた翌年の十一年九月十七日に急逝しているので、雨谷の蛇笏門であることも『東風の枝』も知らないことになる。雨谷は、鳳作の思い描いたような無季俳句の同志とはならなかったようである。

『東風の枝』は四部に部立てされている。「海ほとり」（昭和八年夏—十一年夏）、「ふるさと」（昭和十一年夏—十二年秋）、「枇杷島」（昭和十二年秋—十四年夏）、「再びふるさと」（昭和十四年夏—十五年夏）となっており、居住地の変化に対応した区切りのようである。「海ほとり」は津に在住したときの作品である。ふるさとは大浜、「枇杷島」も名古屋の地名のようだが、ここは父の死を区切りに部立てをしているようだ。

先の「吹雪きゐる芦」の句は、「海ほとり」の時代に該当する。しかし、次のような意外な形で掲載されている。

鍛冶の店（五句）

野の西日裏より深く鍛冶店に
蘆の影土間に鋭く北風《きた》落ちぬ
地平線雪に昏れたり馬蹄鍛つ
吹雪きゐる蘆を洋燈に感じつつ
オリオンと北斗の底にまりて寝る

「鍛冶の店」を題とする連作仕立ての中の一句である。ここには家族の「貧しき夕餐」がないのである。野鍛冶の手許を照らす洋燈の火がゆらめいているのだ。

そもそも「天の川」での発表はどのようなものだったのか。掲載は昭和十年四月号の「天の川」である。

野の西日裏より深く鍛冶店に

地平線雪に昏れたり馬蹄鍛《う》つ

貧しき夕餐

吹雪きゐる芦を洋燈《らんぷ》に感じつつ

オリオンと北斗の底にまりて寝る

句の構成は同じである。二句目「蘆の影」は、禪寺洞の選で弾かれたものと思われる。句集では「貧しき夕餐」の前書きを省略し、「鍛冶の店」の題を付した形に変更したのだ。初出形では前二句が鍛冶の店、後ろ二句はそこから離れてのもののようである。これを一つの題にまとめる形で、句集に掲載したと思われる。ちなみに、鳳作が無季句として引いた句は、次号の五月号の作品である。

海晦く飛沫《しぶ》きて工場地帯果つ

硝子戸に歪める落暉工場裏

海に没る日に軌條《レール》鋭く西北に

二月の空いよいよ蒼し洋燈《らんぷ》吊る

この前の二句を引用している。三句目は「海に没る日を見てゐしがトロ去りぬ」の形で句集に収録している。推敲してこの形としたのか、「天の川」掲載句に禪寺洞の手が入ったのかは分からない。ちなみに、句集には、この四句の前、「オリオン」の句の後に「午砲《どん》わたり北港の波ただ晦し」がある。この句は「蘆の影」と同様に禪寺洞選で弾かれたものと推測される。禪寺洞選の入選、落選に、雨谷は影響されずに自選を優先して句集を編んでいる。

ここまで雨谷の句の印象は、どちらかと言えば「土上」の「社会主義的リアリズム」（中島斌雄）的な作風を感じさせる。『東風の枝』自序は「『生々しき人間たれ、死して藝術家たるべし』とは、たしかコクトオの言葉だつたと覚えてゐる。俳句人としての今日の自分の心境を省みるとき、この言葉が屢々私の脳裡に泛んで來る」と書いてもいる。「立派な人間であり得ずして何の立派な俳句ぞ」とも書いているので、あるいは人道主義的なというべきかもしれない。

しかし、『東風の枝』全体の印象は、むしろ「旗艦」のモダニズム俳句の印象である。そして青春性の高い作風である。思えば、『東風の枝』刊行時の岩田潔は、いまだに二十代の青年であり、作品は二十一歳から二十九歳までのものである。当然と言えば当然と言えよう。

海ほとり（昭和八年夏―十一年夏）

ギヤマンに葡萄溢れつ祭宿
街は秋フランス國旗煙草屋に
枯野行く二枚の銅貨ポケットに
外國船眞白し崖の向日葵に
ペルシヤ猫松葉牡丹のすずしきに
強東風に二月の昴《すばる》架りけり

白梅に好日の蜂來りけり
月淡く雨後の白藤散りにけり
ふるさと（昭和十一年夏―十二年秋）
曼珠沙華咲く國に來て山遠し
寺町や小春のかもめ橋に來る
三月のマントさびしき砂丘かな
十六夜の芍薬にほふ別れかな
山吹やみなかみにして晝の雨
帰省子に青き空あり桃實る
海光り火の見櫓の春の晝
崎を行けば鳳仙花散る家もありて
枇杷島（昭和十二年秋―十四年夏）
鵙猛る大樹の下を葬もどり
美しき夕べとなりぬ麥の芽に
露地の果に白帆は淡く花柘榴
河童忌や雨に明るき額の花
午砲遠し島の港のつばくらに

再びふるさと（昭和十四年夏―十五年夏）

きりぎりす鳴いてゐるなり海光に

海青く檻の孔雀に雪残る

白孔雀櫻はすでに芽吹きけり

囀りや紅茶の後の支那煙草

春光の海なりき君征きにけり

清新な青春俳句は再読、評価されてよい魅力を持っているように思う。

Ⅲ

瓜生（『現代俳句大事典』）は、岩田の他の句集として、『女郎花』をあげている。しかし、この間にもう一冊の句集を刊行している。『日かげの霜』（文學祭社・昭和21年7月）である。これは『東風の枝』以降の作品集である。瓜生の目に触れなかったのは、出版社が岡山で、ほとんど流通しなかったのかもしれない。

昭和十五年

魚らの静かないのち草の花

ささやかに冬菜も作り童話書く

昭和十六年

ロダンのこと二月の園に來て語る

早春の文鳥を買ふ銀貨かな

信濃路のこの驛もまた花吹雪

書庫の裏冬の日がさす胡桃の木

昭和十七年

誕生日の夕澄む空の花卯木

きりぎりす夕日の草に風立ちぬ

昭和十八年

海の句をしるす手帳に雪舞ひ來

小半日藤見て日焼せしと思ふ

星すでに冬なり兵に故郷あり

昭和十九年

寒鯉に色湛へたる椿かな

ひとり來て金槐集を梅に讀む

衛兵に杏花咲き月新た

蟻を見る一兵卒のこころかな

水音のこぽこぽとして山葡萄

昭和二十年

茜して天新しや寒の梅

裸子の日にまだ焼けず葱の花

還り來て枇杷の花咲く旦暮かな

全体的に抑制の利いた作品が並ぶ。新興俳句弾圧以後、戦中という情況も関係しているかもしれない。また、作品から昭和十八年頃には兵役に就いていたことが分かる。それでも青春俳句の香気のようなものは健在であろう。昭和二十年、岩田は三十四歳である。

『女郎花』は、『日かげの霜』から半年後の昭和二十二年一月に出されている。間を置かず短期間に刊行できた理由は、『女郎花』は、前二句集の拾遺集であるからだ。四季別に編纂されている。

わだつみのけむれる雨の雛まつり

春蟬や古人も妹を戀ひにける

銀河風にはためく如し花芭蕉

木犀や坂の下まで筆買ひに

たたかひに敗れ復員す

矢作川枯草に日はいまもなほ

時雨雲濃くなるばかり北安曇

拾遺集というとおり、佳句は少ない。しかし、注目すべき点が二つある。岩田は「あとがき」を次のように結んでいる。「この第三句集を編んだ後で、私には『寫生』といふ問題が事新しく衝き當つたやうな気がする。今後私が伸びるためには、どうしても謙虚な『寫生』をしなければならないことを今の私は痛感する」青春の翳りの中で、新たな展開を「寫生」に探ろうとしていたことが覗える。岩田の転身は成功したのか。この句集の後を確認できなかったことが、その答えの一つとなるのかもしれない。

もう一つは、『女郎花』が京都の出版社・臼井書房の現代俳句叢書（表紙題）の一冊として刊行されていることだが、そのラインナップが巻末にある。しかも、その編輯は岩田である。ここでの叢書名は「新俳句叢書」であり、名称に混乱が見られる。叢書は岩田を含む八人で、日野草城、石田波郷、長谷川素逝、加藤楸邨、橋本多佳子、池内友次郎、松本たかしである。しかし、この八冊は、古書市場から推察すれば全ては刊行されなかった可能性もある。ともあれ、これは終戦直後、俳壇的に岩田が高い評価のポジションにあったことを示しているだろう。

折しも、しばらく前に岩田資料が古書市場に流出したらしい。岩田の句帖六冊に高価な売値がつけられている。注目は岩田宛献呈署名本である。岩田のポジションを想像できるものとして、その一部を紹介しよう。中村草田男『長子』（昭和11年）、山口青邨『春籠秋籠』（昭和11年）、橋本多佳子『信濃』（昭和22年）、加藤かけい『浄瑠璃寺』（昭和22年）、加倉井秋を『胡桃』（昭和23年）、

日野草城『旦暮』（昭和24年）、桂信子『月光抄』（昭和24年）、柴田白葉女『冬椿』（昭和24年）、野見山朱鳥『曼珠沙華』（昭和25年）、山口青邨『山雨海風』（昭和26年）、福田蓼汀『碧落』（昭和27年）、飯田龍太『百戸の谿』（昭和29年）、阿波野青畝『紅葉の賀』（昭和37年）。

Ⅳ

古書市場で最も高価な岩田の著作は、詩集『愛日抄』（昭和16年）である。岩田は市場では詩人の評価なのかもしれない。しかし、全体像としては俳句評論家としての側面が一番強いだろう。著作も多い。献呈署名本が多いのも、この側面と関わるだろう。瓜生の引くものも含めて確認できた範囲で散文集を紹介する。（未見のものも含む）

・『現代の俳句』ぐろりあ・そさえて・昭和十四年
・『俳句の宿命』七丈書院・昭和十六年
・『季節のペン』七丈書院・昭和十八年
・『俳句静思』臼井書房・昭和二十一年
・『俳句浪漫』臼井書房・昭和二十二年
・『俳句への愛と憎しみ』臼井書房・昭和二十四年
・『詩と俳句との谷間で』近藤書店・昭和三十五年
・『日曜詩人の手帖』俳句研究社・昭和三十七年

俳句、詩を跨いでの豊富な読書に裏打ちされた博覧強記が、物怖じを知らない若い感性のもとで展開する。作家論が多い。瓜生が「詩壇の動きも視野に入れた文学的な考察に特色がある」と書いたのはこれである。

中でも、『俳句浪漫』所収の「室生犀星」（「泉」昭和10年5月初出）は、岩田の俳句との関わりを考えても興味深い。室生犀星が「俳句研究」二月号に発表した「俳句は老人文学ではない」についてて書き起こす。俳壇的には、犀星が引いた日野草城の「ミヤコ・ホテル」に引かれて、「ミヤコ・ホテル論争」へ問題の本質がぶれてしまったものである。岩田は、ぶれずに同時代の評論として問題の在処をシニカルに論じている。「俳句ほど精神に若さ初々しさを持つてゐる文学はすくない」と説く犀星に「犀星のやうに口の重い、悒鬱つぽい詩人が、『ミヤコ・ホテル』のやうに『洒落れた』作品に感心してゐるのは、不思議」とし、更に「旗艦」の人達は「俳句ほど若々しい文学は他にない」を、「そのまま鵜呑みにされやうとしてゐるが、これは少し可笑しくはないだらうか」と述べた後で次のように言う。

最近でこそ俳句の中で「青春の歌」をうたふことが喧しく言はれるやうになつて來たが、それでも僕などは「俳句」と云ふ宿命的にまで短い詩形式の中でどれだけ「青春の歌」が惜しみなく歌ひ得られるか、と云ふことに就いて懐疑的な気持を抑へることが出來ずにゐる。まして「俳句ほど若々しい文学は他にない」なんて言はれたつて、本気で信用する気にはなれない。だつて考へて見給へ「若々しさ」と云ふことにとつては、浪漫的、理想的、主観的と云ふことは實に密接な間柄であるが、激發する精神を歌ふとか、主観を惜しみなく抒べるとか云ふことは、俳句と云ふ形式が形式だけに、凡そ困難至極のことなのだ。だから今日これらのものを歌ひ、奏でてゐる精神たちは、俳句の世界にあつてはエトランゼエであるが、僕は永久にこの世界にとつてはさうだらうと云つたやうな気がしてならない。

一読、「青春の歌」の否定論の趣である。しかし、これは岩田の苦闘を語るものとも読める。これは楽観的な「青春の歌」論への違和感であり、その根底にあるのはその可能性と不可能性との間で苦闘してきた岩田の経験に裏打ちされた言辞と読める。私達は既に岩田の作品を知っている。犀星詩集『抒情小曲集』が刊行されたことを紹介し、それがまさに「青春の歌」であると岩田は言う。これは犀星と真逆の「『若々しさ』と云ふ点でなら、俳句は機能的に云つても、詩の足もとに及びもつかぬのだ」という視点から導かれる方向性の中に現れるものだ。そして、「『人生にもまた季節がある。つひに春宵の感懐はまた秋夜に移すべくもない』（三好達治）その人生の春にある人たちのために、この一巻の青春の書を敢へてお勧めする所以である」と結んでいる。

これは、岩田が、移ろいやすい人生の春にあって、それを自覚しながら書こうとする人であり、その表現の可能性を詩形式には容易に見いだせるが、俳句形式は容易でないことを知っているからである。言わば、試行体験者としての言辞である。犀星の、「若々しい」表現は俳句が一番可能性があり、短歌、詩に進むにつれ難しいという認識への反発がある。これは犀星にとって第一の表現が詩であるという表明でもあったろう。その難しい詩でこそ「青春の歌」を犀星は書いている。そう返して見せた岩田は、自身にとって犀星以上に俳句形式が痛切な形式であることの体験者であろう。俳句の青春性を推奨する前の犀星の俳句が青春性とは無縁のものであり、草城句に接して以後俄にその影響を受けたと思しき俳句を書き始めていると揶揄的に紹介しているのも、岩田が俳句形式の表現者の側にたっているからであろう。

V

戦後、『女郎花』の「あとがき」で、今後の方法を「寫生」に求めたのは、人生の春という季節の移ろいの自覚がさせたものだったかもしれない。青春性は、「浪漫的、理想的、主観的」と「密接な間柄」にある上に、その表現に困難を抱える俳句形式は格闘を強いる。そこを去る季節を迎えたのを自覚したのであれば、違う方法と方向を求める必要がある。ただ、かくて岩田が俳句表現者として新たな季節を迎えられたかは別である。現在から見れば、展開するよりは、フェイドアウトしていったという方が相応しいだろう。

岩田は、自覚的なゆえに「青春の歌」に殉じざるを得なかった作家だったのかもしれない。自覚するとしないとに関わらず、「青春の歌」をうたってしまった俳人は、以後その栄光と引き替えの受難を甘受しなければならない。岡本癖三酔、高屋窓秋、寺山修司、宮崎大地のように、青春の筆を一旦折るか、芝不器男、篠原鳳作のように夭折して完結するか。岩田は、前者であったのではないか。

それにしても、浅学の管見からこれほど美事に消えてしまっていたことに、恥じつつも驚くばかりである。

ルビ俳句――河東碧梧桐の最晩年と高柳重信の晩年

I

瀧井孝作は「定型と自由律と――河東碧梧桐の作品について――」（「俳句」昭和30年2月初出・『碧梧桐全句集』所収　蝸牛社・一九九二年）で、河東碧梧桐について次のように評する。

　私は、この句集（『碧梧桐句集』角川文庫・昭和29年―林註）を見てゐると、碧梧桐は俳句の上では実に多力者《たりきしや》で、俳人の四人前も五人前もの仕事をした人だと思つた。四人前も五人前もの仕事といふのは、この句集には、いまの俳壇で云はれる「定型」の句も、「自由律」の句も、共に入つて、――明治の定型と、新傾向、大正の自由律の初めと、晩年の自由律と、――この句風の変化の多種多様が分つて。それに、句風が革新する時は、自身が生れかはつたやうに、新しい心持で仕事をしてゐる。これは容易には出来ない仕事で、私は四人前も五人前もの仕事だと思つた。

　碧梧桐は、句風に変化を極めて、俳句の変化の面白味を明かにした人だ。俳句の定型と自由律と両方共に、抜群の立派な作品を出した人だ。自由律といふものを始めて確立して、俳句の範疇限界をひろげた人だ。またほかに、ジヤナリスト、旅行家、書家等、多方面に仕事をした方だが、私は茲では、その定型と自由律との俳句に付いて、少し解明してみたい。（この稿には、こんどの句集に出てない句も掲げるが、これは、こんどの文庫本には二千句位しか入らず、これ以外にも、佳句は沢山あるから、こんど採録した句と、出さない句と、左程大差はないやうで、作品はどれも揃つてゐるので、わざと、この句集に出てない句も掲げてみる）

角川文庫の『碧梧桐句集』を編集したのは瀧井である。かつ、『碧梧桐全句集』を編集したのも瀧井である。この「出さない句」を補うべく『碧梧桐全句集』稿を用意したが受けてくれる出版社がなく頓挫して、瀧井の生前には刊行されないままとなっていた。その事情を瀧井の令嬢小町谷新子氏がエッセイに書かれたのを見て、蝸牛社の荒木清氏が版元になることを申し出て実現した、と『碧梧桐全句集』の「解説にかえて」で栗田靖が書いている。全句集刊行に際しては、栗田等が尽力したのである。

さて、前の引用が中途半端だと思われる方も多いだろう。碧梧桐門の瀧井が碧梧桐に高い評価と敬意を払っているのは当然であろう。実は、この引用で見て欲しいのは後半の（　）の部分である。ボリュームの関係で「出さない句」が出来たこと、しかし出さない句も「左程大差はない」と述べている。

しかし、このカットには瀧井の碧梧桐句への評価が反映されていて、最晩年のルビ俳句を削除しているいると、栗田は証している。いわば五人前の最後の仕事をカットしているのである。今で言う『黒歴史」扱いである。

もちろん、『碧梧桐全句集』稿には収録されている。瀧井は一方で、完全なテキストを残すことの必要も承知していたのであった。ゆえに、このあたりの経緯について、栗田は詳述している。「(『碧梧桐句集』角川文庫の特色は) これまでの句集と違って、句集別、年代順に編集されていることと、始めて昭和三年までの作品が収められていることです。したがって、碧梧桐の子規時代から自由律までの激しい俳風の変化の全貌を窺うことができることです。それでも、『三昧』後半のルビ俳句や、『昭和日記』の句は全く収められていないばかりか、定型や自由律の句も『頁数の制限』(解説) からかなりの選択がなされていますから、碧梧桐の俳句を網羅した句集とは言えません」と述べている。ルビ俳句以前は抄出の形で掲載されているが、ルビ俳句以降はすべてカットされているのである。では、なぜ瀧井は、ルビ俳句以降をカットしたのであろうか。栗田は文庫本の瀧井の「解説」の最後を引いている。「これらの句 (「碧」創刊の大正一二年以降—林註) の姿は、リリシズムのもので、その主張も遂に、和歌俳句の撤廃を目ざす短詩の提唱となりました。また、昭和四、五年頃からは、ルビ付の六ケしい難解なものになつたりして、極端に変貌しました」。

これが全ての評である。「六ケしい難解なもの」というのみである。言わば、評からも弾いた感じなのである。先に引いた「定型と自由律と」ではもう少し筆を費やしている。即ち「この後期のしまひには、ルビー附の難解な変な調子の句ばかりになつて、昭和五六年頃から揃つて、この調子の様式《タイプ》が出て、このタイプに堕ちて来た。自由律は、言葉に自覚を持つて、自分の言葉で表現するものだが、みんな揃って難解のルビー附の変な調子の句作は、これは追随者ばかりで、有力な同人がなかつたからだ。このタイプに堕ちた時は、碧梧桐も、已に老境で、切抜けて出直す気力がなく、昭和八年にきつぱり、俳壇隠退を声明した。これは碧梧桐らしい、いさぎよさでもあつたが……」。瀧井がルビ付き俳句を省略した経緯と評価が解るだろう。

それゆえ、栗田は敢えてルビ俳句の「概略」を記している。「ルビ俳句というのは、昭和三年頃から俳誌『三昧』誌上に見え始めたルビ付きの俳句のことです。このルビ俳句は、年を追ってその句法は複雑なものとなりましたが、当時の俳壇の一勢力としてその存在が認められていました」と言う。なるほど手持ちの『俳句辞典 近代』(桜楓社・昭和52年)、『現代俳句大辞典』(明治書院・昭和55年)、『現代俳句辞典 第二版』(富士見書房・昭和63年)には項目立てされている。しかし、『現代俳句大事典』(三省堂・二〇〇五年)には項目立てされなくなっている。その仕事が次第に忘れさられてゆく過程にあるのだろう。事実、最も筆を費やし評価しているのは、最も古い『俳句辞典 近代』である。「ルビをたどることによって、音楽的な詩語のリズムが活き、その語意的な不足が被ルビ語で示されるというもので、短詩表現に必要な緊密簡約性・象徴性・飛躍性等を近代的印刷術による振仮名を利用し、詩語とその内容を裏づける語を併置し表現しようとしたものであった」「このルビ俳句の試みは、俳句の短かさが内容を制約するのを如何に解決し、内容を如何に複雑にするかの一つの試みであり、一つの解決法であった」と書く。「当時の俳壇の一勢力」で「存在」したことは肯えるだろう。

その上で、栗田は「『三昧』でのルビ俳句の展開過程」を三期に分けて解説する。第一期(大正一四年から昭和五年二月・「三昧」創刊号から六〇号まで）は、碧梧桐が「三昧」を主宰編集し碧梧桐が雑詠選を担当した時期、第二期（昭和五年三月から昭和六年一一月・「三昧」六一号から八〇号まで）は、風間直得が「三昧」を編集し雑詠選を行った時期、第三期（昭和六年一二月から昭和七年六月・「三昧」八一号から八七号終刊号まで）は、碧梧桐が「三昧」から姿を消した時期としている。

このように時期を分けるのは、風間直得とルビ俳句が密接な関係があるからである。栗田は「ルビ俳句は風間直得が創案したものと云われています。碧梧桐は弟子が考えだしたルビ俳句を容認しただけでなく、自らも進んで作ったのです」と述べる。瀧井の先の「有力な同人がなかつたからだ」は、風間への憤怒のようなものを感じさせる。

これだけでは碧梧桐の主体性を疑ってしまいたくなるが、この背景を栗田は、次のように説明する。碧梧桐がルビ俳句を取り入れたそもそもの理論的根拠は、碧梧桐の詩論「我等の立場」（「三昧」大正一四年一二月〜昭和二年一二月）の「感情の静的表現と感情の動的表現とによつて生まれる総合的音律が感情の律動的内容を具象化する」に発し、その具体的方法を模索していたところへ、風間によって提供された方法だったという。碧梧桐の詩論には、伊藤整の「新心理主義」の『意識の流れ』を主体とする『心理的記録方法』」の影響が認められるが、それを感じ取った風間が具体的な方法として示したというのである。碧梧桐の影響のもとに風間が創案したというのであり、主体は碧梧桐にあるという見立てである。事実、昭和八年に俳壇を隠退した後、亡くなる昭和一二年までの間に書かれた俳句もルビ俳句である。ルビ俳句は、碧梧桐の信念の表現であったと考えてよさそうである。

では、ルビ俳句とはどのようなものか。風間直得『六百句選』（散叢書房・昭和7年）と、『碧梧桐全句集』（前出）から、引いてみよう。なお、風間の句集はこの一冊のみで、昭和六年以後はまとめられていない。

・風間直得

高音張る鳥　南風《ナイ》飛んでか乙女椿《ミヤラビ》　昭2
グッスリ寐てえや　石炭運《コロンバツス》は酔ひ言に交ぜ　昭3
裾ねゆき靄　月光《ヨカゲ》とよべもまがうた夜雪《ヨカゲ》　昭4
下モ常蔭《トカゲ》　子供《ワラシ》どこ喊聲《ドツト》　どどと二連獵銃《ツツ》
路樹《ミチギ》も潮香の昏らみ　羽がへすは　鴉《ガア》と下り　昭5
春蟬の初《ウブ》き直か聲《ネ》を　小陽さしたのむ　山昏《クラ》
夜げの湯ざれ指《ビ》し　澁抜《サワシ》柿の　その話しつゞく
夜も月《ヨ》づかずに　土場安賭博《ドバウスバリ》は　蠟燭火《ロービ》に猛き　昭6
夕《ヨ》霜じ立つ木　並び背々《セゼ》る　ふり髪し子供《コゴ》
空家コソソに　聲《ノド》せぎく猫々《コヾ》　霜じ夜み
誘ひ聲《ネ》間遠う　軒端《オクボ》に戀猫《シヨンボリ》　水夜じも
雪降《フリ》足らぬも　晴《アガ》るを陽を雪崩《ナダ》る　降ら音吹《トブ》

焚《ヒ》に和《アヘ》す海人《ウナゴ》のべ　打て波《バ》ね　魚《ヲ》ざゐ

・河東碧梧桐

梭おと朝は石炭《ガラ》を踏むべの凧の子女の子　昭3
桑葉なよ葉峠の丁度下《オ》りに雷《ナ》り　昭4
柳架《ワタ》とぶ空ゆ岩燕《ムレ》つく灰色《イロン》羽音ときこゆ　昭5
国宝寺《シナデラ》斧鉋《モノ》おと穴大工《ホリ》がひねもす大工《オノレ》ら　昭6
ことし在宅《ヲ》る挨拶《ヨロコビ》を二人《オイズ》が前髪《テラ》ひ障子《テラ》つ　昭7
いよよ孤独《ヒトリ》の天《ソラ》吹かる木守の柿をぞ
梅椿花盛《ハレ》ばれし前《ソコ》に左右《アチラ》にうしろにも　昭8
便通《ツウ》じてよきを秋《ヒル》らし光《カゲ》を机《シゴト》に向ふ　昭9
預金《カネ》とる間ストーブの女《ナレ》と暗黙《モダ》しゐつ　昭11
妻と永久《ユキ》つれ得ねば駿《コ》は孤独《ヒトリ》行くがまゝ我
老妻若やぐと見るゆふべの金婚《コト》式を話頭《カタ》りつぐ　昭12

なお、碧梧桐は、昭和七年の一句目までが「三昧」時代のものであり、以降は「昭和日記」のものである。

二人に共通するのは、片仮名ルビであり、総ルビではなくパラルビであることである。全ての句にルビを振る訳ではないことも共通する。違いは、風間は分かち書きを併用するが、碧梧桐は分かち書きを併用していない。

昭和二、三年から始められるが、当初はルビ句の方が圧倒的に少ない。昭和五、六年で最盛期を迎えている。試しに、二人の昭和三年と六年の句の中でのルビ俳句の割合を数値化してみようか。風間直得は、昭和三年句は一〇九句、その中でルビのあるものは二五句で、ルビ率は23％（小数点以下四捨五入。以下同じ）である。昭和六年は六三句で、ルビのある句は五七句、ルビ率は90％である。一方、河東碧梧桐は昭和三年は三四三句で、ルビ句は二三句、ルビ率は7％（最初の四句は平仮名のルビも含まれ、所謂一般的な意味でのルビと言える）。昭和六年は六七句で、ルビ句は六三句、ルビ率は94％である。二人の動向はシンクロしているが、碧梧桐の方がより傾斜が強いことが解る。

それにしても、読むのに時間を要する。読み流されるのを拒否するような文体である。〈詠む〉ことによってのみ了解される表記を構築しようとする。瀧井が批判的に「難しい」と言ったのは、〈歌う〉という〈うた〉本来の機能をできる限り排除して、〈読む〉ことを強いるのである。〈読む〉ルビが恣意的なものであるということも大きいが、このとつとつとしたというべきかばきばきとしたというべきか、句の持つリズムの違和感も大きいだろう。また、句によっては、活用語尾なのか助詞なのかの判別もつけがたいものがある。表記的な口語というよりも、地口の口語か方言のようにも感じられるが、それさえも判然とはしない。

河東碧梧桐ほどの知性が、瀧井が「黒歴史」扱いでテキストから削除するような、詩を敢えて難しく書こうとする初学の少年のような表現に向かったのは、なぜであろうか。あるいは向かいえたのはなぜであろうか。

そこには今日のルビ観と昭和初年のルビ情況の違いがあることを一考に入れる必要があるだろう。私達は、いつも現在の眼鏡を掛けてしかものを見ることができないからだ。むしろ、このようなルビに抵抗なく向かい、それを許すようなルビへの認識が背景にあったのだと思われる。

今野真二『振仮名の歴史』（集英社新書・二〇〇九年、後に岩波現代文庫・二〇二〇年）が、振仮名（ルビ）の歴史を語ってくれている。それに添ってその歴史を確認してみる。まず振仮名（ルビ）の全体像として「当初振仮名は『読み』として発生したが、次第に『表現』としても使われるようになり、そうした意味合いにおいて、振仮名の機能が拡張されたと考えている。振仮名の機能拡張には、日本語と中国語との接触による漢語の借用が背景にあると考える」（はじめに）と言う。

さらに、振仮名の名残が現在に残るものとして、歌詞カードの振仮名付きの表記を例（「合図」に「サイン」、「匂艶」に「にじいろ」、「瞬間」に「とき」などのルビがある）に引きながら、日本語の表記の特徴を次のように言う。

つまり日本語には、こう書かなければいけないという、書き方に関しての「根本的な決まり」がないことになる。この「根本的な決まり」を「正書法（orthography）」とよぶことにすると、「日本語には正書法がない」ことになる。

外来語「アイドル」を英語で書く時には、書き方は「idol」一通りしかなく、これ以外の書き方は誤りとみなされ、許されていないことと比べると、日本語においては書き方が一種類ではないことがよくわかる。一種類ではないということは選択肢があるということでもある。

今日の眼からはかなり無理筋に見える風間や碧梧桐のルビは、振仮名の歴史、慣習から言えば、その当時には自然な発想のものであった可能性がある。もちろん、どのように具体的なルビを振るかという問題は措いても、これらのルビの方法自体は風間や碧梧桐の創案ではない、当時の一般的な慣習の中で、発想されたものと言えるようだ。本来日本語の読み書きは、かなり自由な緩いものだったようだ。

もう少し、『振仮名の歴史』についてゆく。振仮名の起原は『日本書紀』に見られ、早く平安期に発する。「漂着」に「ヨレリ」などがあり、「中国語文に付けられた振仮名が、振仮名の起原の一翼を担」い、「『中国語を日本語として読む』ということが振仮名発生の契機であった」という。かつ、一つの中国語に複数の読み、また一つの日本語に複数の中国語が対応するような「漢字＝中国語と、振仮名＝日本語とは、いわば『多対多』という対応をしていた」のであり、文脈に即した多くの読みが許容されていたのだった。このような「一つの漢字が多くの和訓と結びつきをもった状態は、漢字使用に人為的な制限が加わるまでずっと続く」が、「現在の常用漢字表に載せられている訓は一つの漢字に一つないし二つの場合が多く、それらが歴史的な和訓から隔絶したものではもちろんないが、それでもやはり、一つないし二つ程度に絞ったというところに着目すれば、いい方としては人為的に生みだされた現代の『定訓』ということになるだろう」と述べる。基本的にルビを必要としない現在の私達のおかれている状況は、戦後の政策に起因するものどいうべきで、長い表記の歴史の中で、漢字の数と読みを制限する人為的に作られた最近の特殊な状況とも言える。

切っ掛けは、昭和一三年の山本有三の「振仮名廃止論」と呼ばれるもので、多分に時局的な背景のもとでの発言である。「立派な文明国でありながら、（略）いつたん書いた文章の横に、もう一つ別の文字を列べて書かなければならないといふことは、国語として名誉のことでせうか」「こんななさけない国字の使ひ方をしてゐるのは、文明国として実に恥かしい」と言う。多分に国威発揚の意味を持つだろう。これは当局の意に添ったものであったらしく、僅か六月後には内務省警保局は「小さい活字の使用を制限」し「振仮名を廃止することを指示」したと言う。

風間や碧梧桐のルビ俳句は、これに十年ほど先行する。ルビ批判は後日の出来事とはいえ、社会状況的にも益々評価されがたいことにはなっただろう。

戦後の政策も、基本的にこれを継承した。昭和二一年に内閣告示として、当用漢字表が発表され「日本語の表記全般にわたってつよい影響力をもつ」こととなり、その「まえがき」には「ふりがなは、原則として使わない」とあり、振仮名使用に強い制限を加えているという。

平安から続く表記史の中で、積極的な振仮名禁止政策は、僅か八十余年の歴史である。ならば相対化して、豊かな表現として、その可能性を探ってみてもよいかもしれない。

Ⅲ

振仮名は、読みの明示のために生まれたものであるが、その発展としてやがて「表現としての振仮名」「文学的な表現」の振仮名が生まれる。先の歌詞のルビは、まさしくこれであり、風間や碧梧桐のルビもこれである。しかし、この方法は既に江戸期、明治期に行われているものであり、風間や碧梧桐が生み出したものではない。漢字と振仮名の「多対多」の範疇から生まれたものであり、表現の工夫、技巧として存在したものであった。それを極端に進めた先鋭的なものに違いないが、時代状況からは生まれて不思議のないものであったろう。今日、風間や碧梧桐の方法が無理筋に見えるのは、私達が昭和十三年以降の国語政策の中に生きながら、それ以前の表現を見ていることから生まれているといってもいいのだろう。風間の句集に高価な古書価格がついているのも、客観的には、あり得べき歴史的な方法の試みの一つとして評価されているからだろう。

Ⅳ

ところで、戦後にルビ俳句を復活させたのは、高柳重信である。しかし、高柳のルビは、風間、碧梧桐と趣を異にしている。

高柳がルビを振るようになったのは第七句集『山海集』（冥草舎・昭和51年）からである。風間や碧梧桐のようなパラルビではなく、総句総ルビである。しかも、特異な読みをするためのものではなく、基本的に定訓のルビを振っているのである。

＊

飛騨《ひだ》
大嘴《おほはし》の啼《な》き鴉《がらす》
風花《かざはな》淡《あは》の
みことかな

『山海集』

＊

淋《さみ》しさよ
秩父《ちちぶ》も
鬼《おに》も
老《お》いぬれば

＊

鬼國《きこく》と言《い》へり
年經《としへ》て
神《かみ》の
栖《す》むところ

＊

一夜《ひとよ》
二夜《ふたよ》と

『日本海軍』

三笠《みかさ》やさしき
魂《たま》しづめ

＊

まして
大和《やまと》は
眞晝《まひる》も闇《やみ》と
野史《やし》に言《い》ふ

＊

秋風《あきかぜ》
世阿彌《ぜあみ》
蓑蟲《みのむし》・詩學《しがく》
草木染《くさきぞめ》

「日本海軍 補遺」

読みを示すだけのルビならば、現代仮名遣いにするべきなのだろうが、俳句の表現にあわせてルビも歴史的仮名遣いである。したがって、総ルビであることも含めて、高柳のルビは、第一にルビを振る表現自体が目的であって、そこに「文学的な表現」の価値を見出しているというべきものだろう。山本有三が「小さい虫」「ボーフラ」と嫌ったルビを、文学的な美しい装飾として再発見している可能性が高い。思えば、高柳の少年期はルビ廃止論以前にあって、ルビの中で育ってきた世代なのである。晩年は、『山海集』に「不思議な川」という懐旧的なエッセイを付したことからも解るように、軍艦名を詠み込んだ『日本海軍』も含めて、高柳の俳句の素材は懐旧的な色彩が強くなっている。少年時に向き合う中で、その読書体験の原点として、総ルビが蘇ってきても不思議はないのであった。少年時の美化は、そのままルビ体験を美しいものとして呼び覚ましても不思議はないと思われる。それは結果として、原則的な振仮名廃止の現在を批判的に相対化して、かつての日本語の表現と向き合うことになっているのかもしれない。

もちろん、国語に関する政策の転換など今更不可能であろう。それを求めているのではない。せめて「詩的表現」「文学的な表現」の場では、かつての日本語表記の可能性と豊かさを再評価して、それを表現の方法とする意識を、現状の政策を無批判に踏襲する立場から疎外することはやめた方がいいのではないか。ルビは読みであり、読めない作品を書こうとする行為ではない。むしろ、作者にも読者にも向き合おうとする表記のように思われるのだ。

V

宮重大根《みやしげだいこん》のふとしく立《た》てし宮柱《みやはしら》は、ふろふきの熱田《あつた》の神《かみ》のみそなはす、七里《り》のわたし浪《なみ》ゆたかにして、來往《らいわう》の渡船難《とせんなん》なく桑名《くはな》につきたる悦《よろこ》びのあまり……と口誦《くちすさ》むやうに獨言《ひとりごと》の、膝栗毛《ひざくりげ》五編《へん》の上《じやう》の讀初《よみはじ》め。霜月《しもつき》十日《とうか》あまりの初夜《しよや》。中空《なかぞら》は冴《さえ》切《き》つて、星《ほし》が水垢離《みづごり》取《と》りさうな月明《つきあかり》に、踏切《ふみきり》の棧橋《さんばし》を渡《わた》る影高《かげたか》く、灯《ともしび》ちら〳〵と目《め》の下《した》に、遠近《をちこち》の樹立《こだち》の骨《はね》ばかりなのを視《なが》めながら、桑名《くはな》の停車場《ステーシヨン》へ下《お》りた旅客《りよかく》がある。

（泉鏡花『歌行燈』冒頭・春陽堂・明治45年）

明治期の版面の例として引く。風間、碧梧桐と同時代人の表記である。総ルビ（漢数字は振らないものと今野が指摘している）で、「読み」の振仮名と「文学的な表現」が混在している。私などは、江戸期の散見した文献も含めて、山本有三がボーフラといったルビの、この黒々とした版面を美しいと感動的に見てきた。私のルビへの親和性はこの体験にあると思っていた。しかし、今野は論の中で、私達が読んできた少年マンガが総ルビであると指摘している。明治と言わず、もっと身近なところにルビの原体験があったのだった。戦後の私達も、教育を離れた遊びの場ではルビ環境にいたのだった。

堕天使のごとき焚火——阿部青鞋の視角

Ⅰ

身近な俳人の中で、阿部青鞋《せいあい》の人気は高い。そこで、遅れてこの俳人の俳句をまとめて読もうとすると、テキストを手にすることが非常に難しい。古書価格が高いこともあるが、そもそも殆ど流通していない。執筆時現在、「日本の古本屋」でも、選集『俳句の魅力』（沖積舎・平成6年）が二万二千円で一冊出ているだけである。

ところが『阿部青鞋俳句全集』（暁光堂・二〇二一年）が刊行され、まとめて読めるテキスト状況が突如生まれた。

凡例に示された収録テキストは次のとおりである。

・『武蔵野抄』（『現代名俳句集第一巻』収録・昭和16年）
・『句壺抄』（三元社・昭和32年）
・『阿部青鞋集』（八幡船社・昭和41年）
・『火門集』（八幡船社・昭和43年）

・『樹皮』（瓶社・昭和43年）
・『続・火門集』（八幡船社・昭和52年）
・『霞ヶ浦春秋』（私家版・昭和54年）
・『ひとるたま』（現代俳句協会・昭和58年）

多くが所属機関からの出版で、広範囲にゆきわたるような出版をしていないのだから、出版情報も摑みにくく、遅れては入手しにくいのは当然と言えば言える。

Ⅱ

作家としての阿部青鞋に興味を持つというよりは、他の興味の文脈の折々にその名前が出て来て、間接的に興味を持ってきたというのが正直なところである。

まずは『現代名俳句集』の編集者としての名である。教材社から全三巻の構想で始められたが二巻で終了した新興俳句弾圧下でのアンソロジーの編者としてである。第二巻に三橋敏雄の『太古』が収録されており、これは三橋の作品が最初に書籍化された記念すべきものである。この第一巻には阿部青鞋自身の『武蔵野抄』が収録されている。それほど高い古書価格ではないが、二巻を揃えるのが難しく、いままで言及できなかったアンソロジーでもある。第二巻は市場で二度出会い二冊とも購入（一冊は乱丁本）したが、第一巻は手に出来ていない。ちなみに蔵書検索では、両巻を所蔵するのは、国立国会図書館（地元図書館などでネット閲覧可）と県立山梨文学館。第一巻を所蔵するのは、日本現代詩歌文学館と神奈川近代文学館。俳句文学館は所蔵がない。

『現代名俳句集』の人選も現在から見ると貴重である。第一巻は、阿部青鞋、内田暮情、小澤青柚子、松原地蔵尊。第二巻は、渡邊保夫、小田武雄、渋谷吐霧、高篤三、安住敦、藤木清子、井上草加江、三橋敏雄、高橋梨丘。後期新興俳句系の若手作家のアンソロジーである。

第二巻の巻末に社告のような形で次のようにある。「紆余曲折、多端なりし新興俳句は、今や果して如何なる大果を結びたるか。雲集する作家のうち、果して何人が千秋に傳へ得可き『皇民詩新興俳句』の金字塔を築き上げたるや。即ち、囂々たる毀誉褒貶に関知無く、孜々営々専ら所信の新路を開拓せる決行の征士のみ。本社は至醇至潔の企画を以て、之等諸征士が俳句集『現代名俳句集』全二巻の印行を茲に敢行、而して昭和聖代隆運の一大成果を、燦然と記念せんとするものである」。第一巻の教材社社長の巻頭言「現代名俳句集刊行に當りて」には全三巻とあるので、第三巻が未刊というよりは、全二巻に編集してしまったというのが正しいようだ。第一巻に比べて第二巻の収録作家が多いのは、そのような事情だろうと推測する。書名もさることながら、「皇民詩新興俳句」「昭和聖代隆運の一大成果」は、この時代に刊行するために必要な言辞だったのだろう。私はこれを阿部青鞋自身が書いたものと推測している。ともあれ、このアンソロジーを最後に行方知れずとなった藤木清子、病死した渡邊保夫（昭和十八年）、戦病死した小澤青柚子（昭和十九年）、空襲で亡くなった高篤三（昭和二十年）などの貴重な足跡を今日に留めた意義は大きいものとなっただろう。

もう一つは、渡邊白泉、三橋敏雄らが行った古俳諧研究のメンバーだったということである。新興俳句弾圧の一環で検挙され、保釈後には発表を禁じられた白泉は古俳諧の研究に没頭している。三橋敏雄作成の『渡邊白泉全句集』（沖積舎）の昭和十五年の年譜の項には、「さきの二月に、『京大俳句』主要会員に対してなされた、治安維持法違反の嫌疑による第一次検挙に続く、第二次検挙に遭い、五月、京都府警察部に連行される。九月、起訴猶予。執筆禁止を言い渡されて帰宅」とあり、続く十六年に「古俳諧の研究に没頭しはじめる。仲間には、阿部青鞋、小沢青柚子、清水昇子、三橋敏雄。以後、戦中を過ごす」と書いている。

『定本三橋敏雄全句集』（風の花冠文庫）の三橋自身の年譜には、昭和十五年の項に「五月に検挙された渡辺白泉は、九月に起訴猶予となって帰京。その後、『風』同人以来の仲間、阿部青鞋（東京荏原中延在）方を専ら会場にして、渡辺白泉、小沢青柚子等と共に古典俳句の研究、あわせて技法追試による実作に没頭。年末、渡辺保夫がソ満国境守備隊から帰還して加わる」と書いている。白泉年譜、敏雄年譜も、共に三橋の筆だが、後者の詳細さからも十五年には古典俳諧の研究が始められていたと言えそうである。なお、昭和十七年の項に「（清水）昇子を前記した古典俳句研究の仲間に誘い込む」とあるので、この年までは確実に行われていたことが解る。翌年の十八年には敏雄は召集されている。

『阿部青鞋俳句全集』の「略年譜」（小川蝸歩・妹尾健太郎作成協力）では、一九四二（昭和十七）年の項に「この頃渡辺白泉、三橋敏雄らと古俳諧の研究に没頭」と書かれている。しかし、最も注目すべきは、一九四四（昭和十九年）の項に、「古俳諧研究の成果を合同句稿『尺春庵集《せきしゆんあん》』にまとめる」と記されていることである。青鞋の自宅が会場となったとあるので、「尺春庵」は青鞋宅のことであろうか。その作品の浄書稿が青鞋のもとに残されていたと考えるのが自然であろう。研究という言及はしばしばなされるが、そこで制作された作品について具体的に触れたものは管見にして知らない。公開される日が来ることを待ちたいと思う。

昭和十九年に稿がまとめられているのと合わせて、三橋敏雄年譜の十九年の項に、白泉、青柚子、昇子と鎌倉吟行を行ったことが書かれている。既に海軍に入隊していた敏雄の規制されていた行動範囲の中で行われたもので、「これをしも吟行というならば最高の吟行であった」と言う。変則的な形ではあっても、昭和十九年までは研究会は続けられたと判断できる。会員の出入りはあっても、足かけ五年は継続されていたと見られる。

具体的な研究の方法について触れた最も詳細なものは、『証言・昭和の俳句　増補新装版』（黒田杏子編・コールサック社）の三橋自身の証言であろう。それによると、「ホトトギス」のバックナンバーの読み返し、『日本俳書大系』（全十七巻・勝峰晋風編）を抄出して鑑賞文を書く、芭蕉、蕪村、一茶などの文体を模写する、一晩で三百句を書くような大矢数即吟をするなどである。古俳諧の知識を習得するのが目的ではなく、言わば俳句の骨法の習得を目ざした修練を重ねたのである。

Ⅳ

古俳諧を研究して戦中を抜けた、少数派新興俳句系グループの戦後は決して華やかなものとはならなかった。それは俳壇の周縁で行われ、長く省みられなかった。

生活の場の問題もあったろう。阿部青鞋は、昭和二十年に岡山に疎開し、以後三十三年間その地で過ごしている。俳句の活動は継続するが、かつてのような中央での活動ではない。白泉は、昭和十九年六月に応召、函館で終戦を迎え、二十年九月に復員する。昭和二十三年三月には、青鞋の招きに応じ岡山に移住し、やがて二十六年四月に静岡に転じている。中学、高校教師として勤め、昭和四十四年一月に急逝している。完全な休俳状態であった訳ではないが、活発な活動をしていない。この間、昭和三十二年に神田秀夫編集の『現代日本文学全集91』（筑摩書房）に作品が掲載されたのが唯一の顕彰で、また最初の書籍掲載となったに過ぎない。三橋は、昭和十八年に応召し、二十年復員の後、翌二十一年には運輸省航海訓練所に勤務（青鞋の知人の紹介）となり、四十七年まで海洋勤務を基本とするような生活を送ることとなる。俳句の活動にはなにがしかの影響はあっただろう。西東三鬼との関係もあって、三橋が最も活発な俳句活動を行っていたと言えるが、それでも昭和四十一年の句集『まぼろしの鱶』出版とそれに続く翌四十二年の現代俳句協会賞受賞まで待たねばならなかった。白泉は、三橋敏雄編集の『白泉句集』（書肆林檎屋・昭和50年）によってようやくテキストが整った。阿部青鞋と言えば、昭和五十三年に東京に戻り、五十八年に現代俳句協会賞を受賞する遅咲きである。全句集ベースでは、ようやく今年（二〇二一年）四月にテキストが整ったのである。ともに、戦後の俳句が、社会性、前衛を経て、保守的な俳句観が主流を占めるようになってからのことである。

また、戦後の俳句の潮流にそぐわなかったこともあったろう。例えば、戦後俳壇の流れを主導した西東三鬼は、三橋の古俳諧の研究を評価しないばかりか批判していると、仁平勝が「少年と老人の文学」（前出『証言・昭和の俳句　増補新装版』所収）で指摘している。また、三鬼、白泉ともに三橋の師筋であるが、二人の関係はよいものではなかったと、川名大は『渡邊白泉の一〇〇句を読む』（飯塚書店）の白泉の句「大盥《オスタツプ》・ベンデル・三鬼・地獄《ヘル》・横団」の鑑賞の中で述べている。原因は三鬼にあった。俳句の評価軸の違いとともに、古俳諧研究の白泉達は、自ずと三鬼の戦後俳壇と距離をとってゆく結果となったとも深読みできるだろう。

V

川名大は『現代俳句 上』（ちくま学芸文庫・二〇〇一年）で、阿部青鞋について「作風の特色は、（略）極めて意外性に富む発想や、斬新で大胆な直喩を駆使して、切れ字を用いない独特の文体によって独特の俳諧味を打ち出したところにある。特に意外性に富む直喩は、他の追随を許さないものがある」と評している。確かに、私達が散見できていた青鞋の作品はそうであった。

しかし、初期作品の『武蔵野抄』は、その印象が大きく違う。概ね古俳諧研究以前の作品であるからであり、「内田暮情とメカニスム俳句を提唱」（略年譜昭和十二年の項）の過渡期の作品ということであろうか。意外にも句材として圧倒的に多いのは「妻」である。青鞋は昭和十五年に結婚している。愛妻俳句は、何も橋本夢道だけではなかったのである。もっとも、『武蔵野抄』以後は、「妻」俳句は影をひそめてしまうのだが。いくつか引く。

冬の日に照られ妻よとわれおもふ
ほろほろと厨の妻の邪魔してをり
泣くよりも淋しき妻か縫ひすがる
冬の夜の妻の腸鳴る機《しほ》にわらふ
泣きにゆく妻のうしろを少しあるく
鏡のなかに何か見つけて妻が起つ
昼の霜唯《ゆゐ》一《いつ》妻の言葉沁み
泣き濡れてその儘光つてをれ光つてをれ妻よ
裸か火を次室へ運ぶ心《しん》からの妻
蜜柑を食べ妻先に寝る床を敷く
妻こほし冬木の影を跨ぎ跨ぎ
妻よその日の直ぐそばに足袋を乾せよ
銭湯へ妻に誘はれ後《あと》蹤《つ》きゆく
妻を呼ぶ冬日が部屋に入《い》りしかば
眉ながく炭つぐ妻の我は子か
寒夜たゞ妻の枕とわが枕
なつかしく妻が向うを向いてゐる

くたびれて妻のうしろにころんでゐる
入りきたる蟻を嚇して来よや妻
我のほかにもうひとり妻がゐて坐る
冬近く妻の功利の言《こと》儚《はかな》し
わが妻となりし不運の襟巻か

新婚の機微が描かれる。また、次のような句に、後日の青鞋らしさが既にあることはある。川名指摘の切れ字を用いない独特の文体もすでに健在である。変ないい方をすれば、見得を切らない白然体の文体である。

鏡台も疊ばかりをうつすなり
寒き陽の直ぐそばへ行き葱を抜く
白菜畑に口もて吸ふ空気の美味《うま》さ
うろうろと鏡のなかを又あるく
耳たぶより砂がこぼれし幼な夜や
風の吹く大き馬糞に見とれたり
富士黒し向日葵のそば行きしかば
ぼうぼうと空気光らせて腐れ瓜

夕ぐれの牛蒡畑の人こほしさ
菊剪ればしんしんと天菊臭き
白日の空き地を通らねばならぬ

第二句集『句壺抄』の「次第」には、「離京以来十二年、ひとりでやって来たものを、間々まとめかけたこともあるが、ままならなかったものを「三元社主人より離京以降のあとが知りたい」というのを切っ掛けに「是非はともあれ取捨を緩め」まとめたものと言う。青鞋は、自選に時間を掛けると収録する句が減り、纏まらないタイプの俳人である。こうした外部から迫られるような切っ掛けがないと「取捨を緩め」ることができないようだ。

馬の目にたてがみとどく寒さかな
星座より夜の蔓薔薇は低くかりき
昼寝からさめたるうしろあたまかな
あかんぼのはだかの肩に翼なし
吊りかけてやめたる蚊帳の別れかな
七夕や帰りてぬぎし父の靴
びわをとる後ろに海がふさがつて
海を出し夏の星座に藻やかゝる

「たてがみとどく」「藻やかゝる」の虚辞には、古俳諧の匂いがする。「低かりき」「翼なし」は実辞だが、このように言及することで、一度は星座の方が蔓薔薇よりも高い位置にあること、子どもの肩には翼がないことを疑ってから現実に戻ってきた物言いになっている。現実を書くことが現実を疑っている眼差しを書きとめている。

更に十一年後の『火門集』（『阿部青鞋集』をほぼ含む）が第三句集となる。

かたむいてつもりし雪の深さかな
おしつけてくる日光や桃のはな
何もかも淋しくなりし暑さかな
銀の溶けたる冬眠に入る蝙蝠たち
あたゝかに顔を撫ずればどくろあり
唇を貨車からそとへ運びだす
留鳥をこぼる、火かと思いけり
土橋かと思うおゝむのくちばしを
かたつむり踏まれしのちは天のごとし
永遠はコンクリートを混ぜる音か
黒揚羽かたちを変えて飛びにけり
ゆびずもう親ゆびらしくたゝかえり

にわとりのごとくに憎き泉かな

ここに至って、川名の言う「青鞋調」とでも呼ぶべき文体が明確になっている。吹きだまりを「かたむいてつも」る、強い日光を「おしつけてくる」、蝶の飛翔動作を「かたちを変えて」と言う。単なる言い換えではなく、そうした言葉に出会うまで凝視したのだろう。青鞋には「見る」という言葉が多い。見る人なのだ。また、「銀の溶けたる」冬眠、「火かと思う」留鳥、「土橋かと思う」鸚鵡の喙、「にわとりのごとくに憎」い泉に至っては、「見る」を超えた奇想のごとき比喩となっている。難解句に違いない。しかし、具象的な比喩は、形而上的な比喩のように私達を置き去りにして遠くへは行かない。何か心地のよい驚きに変換されている。これも「見る」行為の果てに降りてきたひらめきのようなものに支えられているのかもしれない。

以下、この傾向が強くなってゆく。

第四句集『樹皮』

いちじくをとるときすこし感激し
午後らしき午後になりたる時計かな
はちみつの甘さよ雲も困るほど
ふくろうの昼の目にふる雪がある
心臓の位置をよしとは思わざる

第五句集『続・火門集』

炎天のすぐれてくらき思ひかな
水鳥にどこか似てゐるくすりゆび
母といふものにおどろく嬰児かな
桃を食ひ桃のいづこに到るべき
よく知りておくべき塩の匂ひかな
泉よりおどりいでたる牡丹雪
くすりゆびいよいよ繭をつくりたき
寂しさやみがきぬかれし蟬の殻
なみだとは潜水服のごときもの
目の見たるのち秋ぞらをわれの見る
浴室のごときあやめの花を見る
梅匂ふ栄螺の殻のなかまでも
青ぞらを寄せつけて死ぬ冬の蜂
水鳥の暗かりし肉雪がふる
つりあひのとれぬ陰翳かきつばた
綿虫や心のそとはなつかしき

番外句集『霞ヶ浦春秋』

竹の子はうれし紫のいぼつけて
いくつなるつもりの柱時計かな
来つゝ落つ簞笥の如き牡丹雪

第六句集『ひとるたま』

空蟬のなかにも水のひろがりて
食慾はひよつとベンチのやうなもの
一日に二度ある夏の日ぐれかな
横たはる葡萄の房はくやしかろ
くさめして我はふたりに分れけり
悲しみは我にもありとむかでくる
どことなくカンナは歎きながら咲く
夏多情下からとざす鶏のまぶた
淋しさや桃のまはりの桃の匂ひ
山火事の焰のわきの焰かな
堕天使のごとき焚火をかこみけり

螢火は螢の下を先づてらす
母のごとき肉が肉屋にぶらさがる
すぐ先を目ざしておよぐ目高かな

「補遺」

金魚屋のなかの多くの水を見る
あんぱんのあんを見て食ふ二月かな
下向いてをれば満月のにほひがする
生涯の夢にも似たる蛇の殻

二橋敏雄のような時代を遡行するようなアナクロニズム感はなく、また永田耕衣の禅的な形而上の匂いもしない。いい意味での柔軟な中庸性が保たれている。しかし、池田澄子や坪内稔典よりは、文脈の屈折が深く奇想性は高い。現在から見ると、生きて俳壇の人気作家にならなかったのが不思議な屹立した俳句世界である。もっとも、それゆえに、現在、青鞋俳句が再評価されるようになったのだろう。

Ⅵ

なぜ、青鞋はこのような俳句を書くのか、あるいは書けるのか。『ひとるたま』に併載された「随想」によって、青鞋の俳句観を知ることができる。次に引く。

私にとっての俳句とは、何らかの詩精神が、その中に同時に蔵している批評精神によって、その詩精神に最もふさわしい何らかの形容を都度選択する結果、その形容がおのずから一定でなくなるものの謂いではなく、何らかの詩精神を常に一定の俳句形式へ投企し、そこに投企された精神が、都度どういう言語的整合を果し得るかその技術性に、詩精神の中の批評精神を能動させることだと考えております。

要するに、俳句は詩であっても、俳句以外のいわゆる詩と無区分状態にあろうとするものではなく、固有の形式によって他への区分をどこまでも明証し同時に他と対立する、そういう詩だと思います。俳句性などというものも畢竟この明証性乃至対立性以外には無い気がします。

それからまた、俳句精神というべきものは、それは何らかの詩精神を、ほかならぬ俳句形式によって詩的具体つまり作品の体へ化現しようとする、その詩精神自体の含む批評精神みずからのいわばリゴリズムにほかならないとも思います。どのような詩精神も俳句形式に投企され、その中でのみ実現される言語整合としての美学的具体を示さないうちは、俳句ではないと言いたいのです。

四、五行で書いても俳句は「俳句」であり、一行で書いても詩は「詩」であるとも述べている。俳句形式へ赴こうとする詩精神の発露が、その都度俳句を出現させる一回性の中に実現されるということであろうか。俳句を統ぶ詩精神がオルガナイザーとなって、その都度俳句は顕現する。

ここから次のような考えも導き出される。「季」については、「俳句形式を特に選ぶ詩精神が、同時に季の滲透した状態のものであってのみこの形式に妥当なのか、または、無季の状態でもその儘ふさわしいのか、それは形式を決定する詩精神そのものの次元でのみ評価されるものであって、直接季の有無にかかわるものではないと思います。俳句も詩であると言うのなら、最後は真にその詩に価するかどうかが全てです」と言うのである。

また「定型」については、「この形式は俳句以外の何にでも用いられる、一般的な通有物であって、いわば無性格なそれ自体ナンセンスなものである」「俳句にとって、定型そのものには特有な価値は無い。にもかかわらず、これを十分価値あるものに転化できるのは、もともと相手が無価値であるためである。そして今なおこの定型に携わるということは、そうした転化の機会を、その無価値の上に一層期待することである。ついでながら、定型の是非を是非とするのは、その転化の当不当なのであり、形式それ自体に功罪はない。それは良き転化に在ってのみ良き形式であると言えよう」と述べる。

定型は、言わば計量カップのようなもので、それ自体は俳句ではない。格言も川柳も標語も盛れる汎用性のある特段意味のある器ではない。しかし、そこに俳句という詩を満たすことによって俳句となる。その俳句の言葉に、有季、無季の色はついていない。その都度その俳句世界の文脈の必然によって決定されるものだ、ということだろう。

Ⅶ

「俳句は或る精神が十七字になるかならぬかではなく、それを十七字にするかしないかである。そういう最後に俳句がある」（阿部青鞋）

三橋敏雄論——伝統と前衛を統ぶ者

三橋敏雄の軌跡を最も簡潔に言い止めたのは、高柳重信の次の文章であろう。長くなるが引用する。

大正中期の生まれを中心にした戦後派の俳人たちは、いまや俳壇の中枢を占め、それぞれ現代俳句の運命を背負っているかのごとく見えるが、この三橋敏雄も、また年齢的には同じ世代に属する。しかし、その来し方の俳歴を振り返って考えると、他の同世代の俳人たちと少しく類を異にしているようにも思われる。そもそも三橋敏雄という名が俳壇に聞こえはじめたのは、いわば新興俳句運動の全盛期から晩期にかけてであるが、そのとき彼は、まだ十代の少年であった。その頃の三橋敏雄は、すぐれた先輩や友人にめぐまれながら、先輩たちが既に喪失してしまった少年の心と少年の眼を持っていることで、かなり異色の初期詩篇を書きはじめ、早くも将来を嘱望されていたのである。だが、そこへ襲ってきたのが、戰争の激化に伴う社会状況の変化と、新興俳句に対する弾圧であった。それまで師事し兄事してきた先輩や友人たちも、或る者は検挙されて沈黙し、或る者は戦場に赴いて遂に帰らなかった。それは、まさに大いなる挫折であった。おそらく、そのときの挫折感は、よほど大きく、かつ屈折したものであったにちがいない。新興俳句系の俳人たちが次々と復活する戦後の俳壇においても、三橋敏雄の言動は、あまり活発ではなかった。したがって、三橋敏雄の復活に俳壇が気づきはじめるのは、もはや昭和三十年の終りから四十年代にかけてであった。

その意味で、三橋敏雄は、昭和十年代と四十年代の俳壇と、まさに二度にわたって、きわめて出色の新人として登場したことになる。そして、このことは、現在の三橋敏雄の俳人としての風姿にも如実に現われている。その昔、三橋敏雄が渡辺白泉と西東三鬼を師と仰いだのは周知のことであり、当然その影響も大きかったと言うべきであろうが、しかし、いまの彼は、いちばん三橋敏雄その人に肖ているようである。それは、伝統とか前衛とかいう単純な色分けの通用しない世界であり、もっとも典型的な俳句の一様式を見せているのである。

（「俳句研究」昭和52年11月号・『俳句の海で』所収）

＊

第一新人期の新興俳句下の三橋敏雄は、なにより戦火想望の俳人であった。その消息については、三橋自ら『彈道』（深夜叢書社・昭和52年）の「後記」に詳しい。昭和六年水原秋桜子の「ホトトギス」離脱をメルクマールとする初期新興俳句は、それゆえ反「ホトトギス」反虚子のひとつの運動体であった（川名大『現代俳句辞典 第二版』）が、やがて有季・無季を巡って背反してゆく。有季固守派が新興俳句という呼称さえ忌避する中で、自ずと新興俳句の運動は無季推進派に絞られてゆく。それは選び抜かれた季題は日本人の美意識によって培われ、俳句形式にあって計り知れない喚起力のエネルギー源であることを承知しつつ、なおそれを除外しつつ新たな俳句表現の可能性を追求するという困難に立ち向かう意識に基づくものであった。とは言え、作品にそれを現前するのは簡単なことではなく、停滞する。その突破口を提示したのは、有季固守派に留まった山口誓子であった。昭和十二年七月の盧溝橋事件を契機とする日中戦争を前に「千載一遇の試練」「前線に於て、本来の面目を発揮するがよからう」「新興無季俳句が、こんどの戦争をとりあげ得なかつたら、それはつひに神から見放されるときだ」(「俳句研究」昭和12年12月号)と言う。また出征作家にめぼしい成果がないが、それを求めるのは酷であるとも言う。さらに同時期に無季推進派の西東三鬼からも同種の発言がなされる(「京大俳句」昭和12年12月)。誓子は挑発的であり、三鬼は扇動的ではある。そして、若き三橋敏雄のいわゆる戦火想望俳句は、それに応える実践としてなされたものであった。かつ、その誓子から賛辞を得た(「サンデー毎日」昭和13年6月)のは、大きな意味があった。

　言わば、俳句観を異にする、当時その言辞が大きな影響力を持つ敵将の誓子の賛辞は、新たな状況をもたらす。その当事者に少年敏雄は躍り出たのである。三橋のこの新興俳句体験は、その生涯にわたって看過できない意味を持ち続けたはずである。三橋は自作を「概ね誰でも考へ附くやうな、稚い戦争画の趣である」と自省的に述べる。しかし、三橋の戦争俳句は、前線俳句の登場とともに、やがて戦地に赴かない場での想像によるものという意味で戦火想望俳句と呼ばれるものに分類される。そして、それは批判的な文脈に曝される。それは新興俳句内部からももたらされたようである。それは作品を評価するリアリティという問題とは別の、戦時下による倫理的問題であったり、近代俳句の中道を私的な視界が捉えるノンフィクション性に求めてきた史と縒り合わさったところに根を持つものだったと言える。安全な銃後に身を置いて、あたかも戦場にいるかのごときフィクションを描くのは不謹慎であり、実体験主義から逸脱する行為ではあったのである。しかし、三橋は作品評価は飽くまでも作品そのもののリアリティに求めるべきことを知っていた。とは言え、それを反証するのには、既に危険な社会状況でもあった。また、戦争映画や戦場小説に基づいての戦火想望俳句が、どれほどの表現たりえていたかという問題もあった。それは前線俳句でも同様なことが言えるだろう。三橋の句も同じ視線に曝されるわけだが、三橋の「何時かは投入されるかもしれぬ戦場」を想望するものであったという関係性は留意しておいてよいだろう。戦火を想望しながら、やがてそれは現実の場となるだろうという痛切な想望でもあったのである。もちろん、だからといって、それが作品の質そのものを保証するわけではないが、三橋の作品を読み直す契機とはなろう。

　　嶽を攀ぢ射たれたり轉げ落ち怒る
　　彈に撃たれ河幅流れつつ漲る
　　戰友の血飛沫を見る火線なり
　　山を越え河越え孤り戰死せり

突撃の紅き顔驅け撃たれてとぶ
密集部隊機關銃彈に赤くなる

「稚い戦争画」の中に挿入されているのは、戦死のイメージばかりである。三橋は「自らを励まさうとする」ものとも言うが、むしろそれは死を受け入れる覚悟を励起するものというべきものであったろう。それは戦場に赴く心配のない年齢の西東三鬼や日野草城の戦火想望句や銃後の安全地帯での批判者とは自ずから違う視座が生んだものであったとは言えよう。昭和十五年、師事する渡辺白泉、西東三鬼が相次いで弾圧事件によって検挙されたことが決定的な出来事となって、三橋も自制的に新興俳句の筆を折らざるを得なくなった中で、出征の昭和十八年まで白泉、阿部青鞋等と古典俳諧の研究を重ねる日日を送る。それは保身のためであったろうが、「私に於ける新興俳句の志向を一時的にも断念し、それ迄の私にとつては未知の、古典の表現力を、初心に帰つて身に附けたい」(『青の中』後記　昭和52年・コーベブックス)という思いでもあった。若き日の新興俳句の成功体験と挫折、そして俳諧研究への転換は、結果として第二新人期の三橋敏雄を準備するものとなる。

＊

戦後の三橋は、俳壇と完全に断絶して過ごしたわけではないが、不活発な時期が長く続く。それは同じく古典俳諧を学んで戦中期を過ごし、遂に一冊の個人句集も刊行せずに亡くなった師の渡辺白泉とも似ている。先の高柳重信の言葉に従えば、明瞭な形で俳壇にその姿を印象に止めるのは、戦前からの作品を含む第一句集『まぼろしの鱶』（俳句評論社）刊行の昭和四十一年であり、翌年の現代俳句協会賞受賞であろう。以後の三橋の存在は俳壇の周知のとおりである。この間、職を船上の生活に求めたという外的な要素もあるには違いないが、戦後の社会性や前衛といわれる俳壇の展開に違和感を持っていたからであろう。それも師の白泉と大きく違わないだろう。三橋にとっては「新興俳句即社会性俳句也」（『青の中』後記）でもあった。戦後の社会性俳句が、この問題を充分に汲み上げて出発しているとは思えなかったはずである。また、表現方法、領域を拡大するのに急であった俳壇の潮流に対して、かつて俳諧的な文体に活路を見出そうと研究した三橋や白泉の方向性が、戦後俳句の状況下において容易に表現として結実することが可能だとも思われないのである。

第二期の三橋の俳句を「俳諧的技法」と呼んで批判的に評価したのは、坪内稔典であった（「俳諧的技法の行方」「俳句研究」昭和55年10月）。俳句を「口誦性」「片言性」で語る以前の「過渡の詩」の俳句観にあった坪内にとって、俳句の時代を遡って結ぶかに見える三橋の方法は必ずしも肯定できる方法ではなかったであろう。この坪内を批判しながら、三橋を俳句史に位置づける仕事をしたのは夏石番矢である（「昭和五〇年代後半を迎えるための覚書」「未定」昭和56年4月・『俳句のポエティック』所収）。「昭和四〇年代と昭和五〇年代前半の俳句状況において、技法と思想の一体化が〈めでたく〉おこなわれたのは、三橋敏雄の作品においてである」「この時期は、戦後日本の『上昇期』と『停滞期』の潮目と考えられる。それとパラレルに、『前衛俳句』破綻以後の先祖返りの要素を強く内包した森澄雄がジャーナリズムと一般俳人の心を把えるという現象が想起されよう。しかしながら、実際の作品を読み込んでみると森にはアナクロニズムの強みが感じられない。むしろ、三橋の作品にこそこの時代の俳句が強いられた様相を見出すことができる」「戦後俳句（昭和三〇年代までの）の、全き独創性を発揮して新しい文学表現ができると想定された、『主体』の優位性と可能性に対する信頼の破綻ののちに、このような三橋の志向が作品としてせり出してきたことに注目したい。たとえば、アモルフな状況、あるいは『主体』の観念の空転のあとの模索と人間の志向の変質の時代の反映として、三橋の作品を定位することは無理なことではないだろう」。

そして、この仕事は、主に昭和四〇年以降の作品を収めた『眞神』（端渓社・昭和48年）によってなされた。

昭和衰へ馬の音する夕かな
渡り鳥目二つ飛んでおびただし
たましひのまはりの山の蒼さかな
嚙みふくむ水は血よりも寂しけれ
くび垂れて飲む水廣し夏ゆふべ
蟬の殼流れて山を離れゆく
鈴に入る玉こそよけれ春のくれ

三橋の作品が俳句に何か新しい文体をもたらしたということではない。また、それを求めているのでもない。むしろ、既知の俳句文体の典型を彫りだしているという思いを強く読者に喚起するものだ。しかし、一方でその典型性の強さゆえに他に紛れることがない。夏石が「アナクロニズム」と呼んだのはこの感覚であろう。一方、三橋の作品の多くには「私性」が稀薄である。近代の俳句史が「私（我）（主体）」表現の道程であったとすれば、表現者としての最後の走者は、戦後派の金子兜太や高柳重信の世代であろう。以降に展開する加藤郁乎、河原枇杷男、安井浩司に「主体」表現があるとすれば、それは個我に閉じられていないものに変容している。三橋は金子世代に属しながら、その表現は次代に架橋するものになっている。しかもそれは解体された「自我」というよりは、どこかそれ以前の趣がある。こう言ってよいのか分からないが、「俳諧的主体」とでも呼ぶべきものである。「昭和哀へ」は、三橋の昭和挽歌だが、例えば中村草田男が明治の挽歌を「降る雪や明治は遠くなりにけり」と二つの切字のタブーを犯して使用し感慨を深くするのとは異なる。草田男には「個」の感慨を時代の感慨に重ねるために「や」「けり」という大きな装置が必要だったのだが、三橋にはそのような大仰な身振りが必要ないのは、「個」の感慨を伏せて時代の感慨を入手できる「主体」を感得できる資質が備わっているからであろう。それをしも「俳諧的主体」と呼んでみたのである。

先に引いた『眞神』七句のうち、「昭和哀へ」「たましひの」「噛みふくむ」の三句は、いわゆる無季句に相当する。しかし、ぼーっとしていれば無季句に気がつかないような佇まいである。金子兜太や赤尾兜子の無季句とは印象が大きく違う。三橋にとって、無季句は新興俳句に出自をもつ自らの非転向の証明であり誇りでもあったが、それを句の中で事立てる趣はない。馴染んでいる。先に三橋は戦中を古典俳諧の研究に費やしたと書いたが、もちろんそれはいわゆる学問的な研究とは自ずから違うものであったろう。それは自身の俳句表現に還元するためのものであったはずである。三橋は、俳句の俳諧平句独立説を唱えている。俳句の享受史に照らせば、発句独立説を覆すのは困難と思われるが、このあたりの感覚に三橋の古典研究が現れているに違いない。

川本皓嗣は発句の条件、それは延いては俳句の条件でもあるが、五七五形式、季語、切字の三要素の中で、発句が専有するものは、俳諧連歌の中では切字のみであると述べている。平句にも五七五と季語は求められる場合がある。また、潁原退蔵は、俳句は俳諧の平句を含んだ総体を受け継ぐべきものだとも言う。また、川本によれば、俳句の中で季語の多くは本意に基づく「共示義（コノテーション）」によって句に方向性を与える機能を担う。季語に蓄積された本意は、和歌の歌語に由来する意味の重層性によってもたらされる。しかし、そうだとすれば、歌語は季語に限らなくなってくる。例えば私たちは様々な恋題を承知している。季題に限る不自然さについては土屋文明も言及している。

三橋は、俳諧文脈の中で季語に限らない様々な本意を発見している可能性が高い。季語とはされていないが、句中にあって季語と同様な機能も持つ俳諧言葉を、三橋は特段の区別なく自然に使用する文体を入手していると考えられる。次が参考になる。岡井隆の『弾道』に触れての発言（「晳子論・序説」「俳句研究」昭和44年5月）を、『弾道』の「後記」に引いている。「これらの句は、『支那事変』という『季』をもっている、と考えてはいけないか。その際、季語は『撃つ』であり『野砲』であるという風に。『支那事変』『大東亜戦争』『朝鮮戦争』などなどと季をわけるのでは、この二十世紀、季の多きにたえないというのなら――一歩ゆずって、『戦争』という季としてもいい」。三橋は「その上にも、同氏の見解を愈有難く思ふ」とコメントしているので、我が意を得たりの思いがあったのだろう。しかし、季感がともなって「季」であり、「季語」であるかに認識している私たち俳人には、馴染みにくい提示である。明瞭に季感の拘束を断ち切ってその機能に基づいて提示してみせたのが、夏石番矢の「キーワード」である。これはもやもやした霧が晴れる明瞭な提示である。しかし、一方、岡井の提示は既存の枠内での提示であるということに意味があるに違いない。三橋にしても、俳諧において季語と同根のものとして発見した言葉だろう。それゆえに岡井を同志として発見したのだろうと思われる。

現在も有季、無季の問題は、俳壇を分かつ大きな問題として在り続けている。季題不用論は荻原井泉水に始まる。しかし、現在、無季・有季を分かつ区別は季語の有無を判別することでなされているのが殆どだろう。有季を担保する装置は歳時記で、その登録の有無によって検証するというのが最も一般的な手続きであろう。したがって、有季の免罪符を多く与えるために、近代の歳時記は季語を膨らませる方向で編集されてきた。手持ちの『日本大歳時記』（講談社）を見ても、作句例のない季語までも掲載されている。実作があって季語分類されるのではないことが分かる。言わば、先回りした網羅主義が、近代の歳時記の方向性だと考えてさしつかえない。それは有季の句材を増やすための装置であることを如実に語っている。

しかし、本当に歳時記に登録された季語の有無が、俳句の属性を見極める装置なのであろうかと、一度疑ってもいいかもしれない。季語には季感がなければならないと考えた季感象徴論者の大須賀乙字は、人事は季題にあらずと言う。真に季感を持つもののみを季語とするべきだからだ。近代の季語膨張に警鐘を鳴らしている。季語が一句の文脈の中で、共示義の機能を担うのであれば、それを担い得ない季語は、免罪符たり得ても真の季語機能を持たないのかもしれない。季語膨張主義は、季語の危機を内包している。有季信奉者の真の敵は、無季にあるのではなく、時に俳句文脈の中で、機能不全に陥りかねない拡張季語にこそあるのかもしれない。

三橋の俳句は、有季、無季論の外にあって超然としているように見える。季語の有無を唯一無二の俳句判定の基準にしている者は別にして、俳句文脈に即して読んで俳句性を感得するのであれば、三橋の句は誰の句よりも俳句の顔をしている。典型性を備えている。例えば『眞神』を読んでいるとき、季語の有無を問うことを忘れる。そのようなチェックなしに俳句に直に触れている思いに私たちを誘う。ふと気づくと季語のない句であることに驚かされる。しかしまた、三橋の句が先鋭的な無季語の句を獲得しているとも読めない。篠原鳳作の「しんしんと肺碧きまで海のたび」のような、清新さとは無縁である。保守的な俳句観も革新的な俳句観も、どちらも破綻させながら、しかし最も受容するべき姿として振る舞うのである。三橋の句はなんとも厄介なのである。だから面白い。

三橋の立っている位置はそんなところである。仮に自由律俳句を視野に入れなければ、三橋は、分裂を続けた現代俳句を統合する位置に迫り出した作家なのかもしれない。それぞれの俳句観を破りながら、一方受容を可能にする作品が三橋である。何か新しい表現を獲得しているのではなく、既存の方法を統合し止揚しながら、新たな俳句像となってしまっているという趣きである。

高橋睦郎は「三橋敏雄の修羅道」（『現代俳句全集四』立風書房）で、次のように述べている。「私が三橋敏雄氏の俳句にこだわるのは、氏の俳句が『俳句とは何か』という問いに深く関わっている、と思うからである」「俳句はどこかで定義を拒んでいる、というよりも、定義の礁が狙うべき中心がない。だから、いわゆる俳論を読んでも、本質に向かう定義も、擬定義もなくて、そこにあるのはほとんどすべて技術的精神論、あるいは精神的技術論である」「三橋敏雄氏の俳句は、純粋俳句は可能か？　という問いの上に成り立っている、と私は思う。というよりも、氏の俳句それじたいが、純粋俳句は可能か？　という自問であり、自答である、と思う」「純粋俳句は何も三橋敏雄氏が創始した概念ではない。すでに芭蕉庵桃青の蕉風運動が純粋俳句と言わないまでも、俳諧純粋化運動と言えるだろう。（略）正岡子規以来の俳句刷新運動にも同じことが言えるだろう。ただし、この運動には絶えず一種の揺り戻しがある。（略）この揺り戻しに耐えるためには、純粋化運動じたいが揺り戻しを含んでいなければなるまい。山口誓子やことに永田耕衣の運動なり生きかたはいつもこれを含んでいたと思うが、私は三橋敏雄氏の作品にはじめてと言っていい明確に自覚されたかたちを見る。私はそれを純粋俳句、または純粋雑詩と呼びたいのである」。私が述べてきた三橋の位置は、あるいは高橋のこの言の敷衍化ではなかったかと、我田引水的に思うのである。もちろん、ここで高橋が論じているのは、『眞神』の作品を中心に据えたものである。俳句潮流の往復性を自覚的に内蔵した俳句が三橋であるという指摘は、三橋の立ち位置をよく表現していると思うのだ。

昭和衰へ馬の音する夕かな
鬼赤く戰争はまだつづくなり
鐵を食ふ鐵バクテリア鐵の中
母ぐるみ胎兒多しや擬砲音
ぶらんこを昔下り立ち冬の園

『眞神』冒頭の五句である。明瞭な季語を持つのは五句目の「冬の園」のみである。しかし、他は季感を伴わないにしても、「昭和」「馬」「夕」、「鬼」「戰争」、「鐵」、「母」「胎兒」と、共示義として強い働きをする言葉で構成されている。共示義の力を伴なわず、季感も本質的に持たない「人事」季語よりも、強いイメージを喚起する力を持っているのではないか。この句の前で、私たちはしばしば季語の有無の問題を忘れる。

＊

『眞神』で高度な達成を見た三橋の方法は、円熟しながらも徐々に衰えてゆくように見える。俳壇的な三橋の名声はこの時期にあるから、多少なりともタイムラグがある。平成七年までの作品を収めた最後の句集『しだらでん』（沖積舎・平成8年）以降、三橋は徐々に作品発表を控えてゆく。特に平成十年以降亡くなる十三年までの発表句は激減する。どうしても断れないものを除いて、三橋が依頼を断っていた結果のようである。何の折であったろうか、書きたいときには依頼がなかったが、書きたくない（書けないだったか不明瞭）ときに依頼があると笑っていた。また、名句を生む方法（秘密）があるのだと豪語していたのを覚えている。もちろん、その名句を生む方法は何かを問う勇気などなかったのだが、いつでも必ず使えるというものではなかったのだろうと思う。したがって、三橋は生きながらにして書くべきは書き切った作家であり、晩節を汚さないことを知っていた作家でもあっただろう。

＊

蟬の殼流れて山を離れゆく

『眞神』中の私の愛唱句の一つである。三橋は、万葉以来の儚さ、虚しさといった意味を共示義として喚起する「空蟬」を使わない。即物的な「蟬の殼」を使って、一旦はそれを遠ざける。蟬の殼は、風に吹かれ落ちて山川をながされてゆく。「蟬の殼流れて」と接写像を提示しながら、「山を離れゆく」と一気に引いた大景に転ずる。このアングルは個人の視野に収まらないものである。その意味でも、近代の「私性」を越えた「俳諧性」を伴ったものである。三橋の個人の視野には収まりきらない神の視野である。これは三橋が個人的な、日記的な述懐を書こうとはしていなかったということでもある（何かの折に、三橋は日記を書かないというのを聞いたことを思いだした）。「離れゆく」の言葉の選択も即物的で、感情的な匂いのする「遠ざかる」ではない。「山のあなたの空遠く」「ふるさとは遠きにありて思ふもの」のように「遠い」には懐旧や郷愁の匂いが付きやすいからだ。しかし、三橋がこのように押さえて書くことによって、句全体は何らかの象徴性を呼び込む。それは一つの言葉にしてしまうことができないような複雑な感情のアマルガムである。私は何故か、この句の前で時に諦念し時に励まされる。折々によって様々な感情を引き出されるのである。必ずしも大きく注目される句ではないこの句に、三橋の秘密の方法のありかを思うことがある。計算され、言葉の隅々まで設計されている。三橋は本質的に多作の作家になれない書き方をしていたのであれば、晩年を沈黙に向かったのは当然とも思える。

辞世に当たる句は、

山に金太郎野に金次郎予は昼寝

晩年の有り様を「昼寝」にたとえているならば、覚悟の昼寝であろう。働くべきは働いた自足の上のものである。金太郎や金次郎のように名をなす活動とは無関係なところで、自身の仕事を充足させた自負の昼寝であったろうと思われる。結果として辞世相当の句となったのだが、三橋敏雄の活動に打つ終止符としては美事というべきものだろう。なにより句姿が衰えていない、三橋敏雄らしい句で結んでいる。

あとがき

年々歳々評論の筆が重くなるのは怠惰なゆえに外ならないが、一方資料の細部を掘り起こす楽しみは、歳を重ねて強くなってきている。「WEP俳句通信」に連載のお話をいただいたときに、筆を軽くするために、評論と随筆の中間くらいの文章で書かせていただけるなら、と引き受けさせていただいた。したがって、必ずしも評論らしいながしかの結論や提示もなく、資料紹介の範疇で終わってしまってもかまわないと思って書いたものである。そのとおりの文章なのだが、その細部を読むことで否応なく立ち上がってくる自分なりの読みに、心動かされずにはいられなかった。独りよがりのオタク読みと言われても仕方がないが、私個人の体験から言えば、資料が語りかけてくるのに耳を澄ました思いなのであった。小さな箱から大きな世界が垣間見えるような思いである。そして何より、その瞬間瞬間を楽しむことができたのは貴重な体験であった。

とは言え、私事都合により半ばで途絶させてしまった連載であり、「WEP俳句通信」編集部には、多大なご迷惑をお掛けしたままだったので、一本にまとめるお話をいただいたときは、躊躇した。途絶した連載であり、一本にするボリュームがあるとも思えなかったからである。一本にまとめる決断にも時間を要したが、それ以降の進行においても、私の腰は重いままであった。校正の土田由佳さんの叱咤激励とブラッシュアップがなければ、間違いなく頓挫していたように思う。私以上に私の文書を読み込む人に初めてであった思いである。感謝申し上げたい。

また、粘り強く対応いただいた大崎紀夫氏にも万感の感謝の言葉を捧げる次第である。

二〇二三年九月

林　桂

本書は、「WEP俳句通信」第112号（2019年10月）～第124号（2021年10月）連載「俳句の一欠片《ワンピース》」及び第119号（2020年12月）特集〈三橋敏雄生誕100年〉中の論考「三橋敏雄論――伝統と前衛を統ぶ者」を一冊にまとめたものです。

本書では、掲載の作品・文章について、旧仮名遣いは一部踊字の表記替えを除きテキストのまま、漢字は概ね新字体としつつ、旧字体を残した場合があります。

著者略歴
林　桂（はやし・けい）

1953年（昭和28年）群馬県に生まれる。

1967年、授業の句会を機に句作開始。「歯車」（1970・鈴木石夫代表）、「寒雷」（1971・加藤楸邨主宰）に句を投じ、師事。1974年、新潟日報俳壇賞（加藤楸邨選）受賞。

1977年、「俳句研究」誌「第5回五十句競作」（高柳重信選）1席。

同人誌「未定」（1978・澤好摩代表）、「吟遊」（1998・夏石番矢代表）創刊に同人参加。

2001年、同人誌「鬣 TATEGAMI」創刊、代表同人。現在に至る。

2022年、句集『百花控帖』で第77回現代俳句協会賞受賞。同年、群馬県功労者（文化）。

現代俳句協会会員 日本文藝家協会会員 群馬文学会議会長。現代俳句評論賞選考委員 口語詩句新人賞（(公財)佐々木泰樹育英会）審査員長 上毛俳壇（上毛新聞社）選者。

句集に『黄昏の薔薇』（1984）、『銅の時代』（1985）、『銀の蟬』（1994）、『風の國』（2004）、『はなのの絵本りょうの空』（2013）、『ことのはひらひら』（2015）、『雪中父母』（2015）、『動詞』（2017）、『百花控帖』（2021）。評論集に『船長の行方』（1998. 群馬県文学賞〈評論部門〉）、『群馬の俳句と俳句の群馬』（2004）、『俳句・彼方への現在』（2005）、『俳句此岸』（2009）。編著に『俳句詞華集 多行形式百句』（2019）などがある。

現住所＝〒371-0013　前橋市西片貝町5－22－39

俳句の一欠片《ワンピース》

2023年10月20日　第1刷発行

著　者　林　桂
発行者　大崎紀夫
発行所　株式会社　ウエップ
〒160-0022　東京都新宿区新宿1-24-1-909
電話　03-5368-1870　郵便振替　00140-7-544128

印刷　モリモト印刷株式会社

　ISBN978-4-86608-148-9
※定価はカバーに表示してあります